S

Vorwort

Diese Geschichte schrieb ich im Jahr 1922, vielleicht auch schon 1921. Inzwischen kann es wohl niemandem mehr schaden, wenn ich gestehe, dass sie von Groombridge Place inspiriert wurde, einem Herrenhaus an der Grenze zwischen Sussex und Kent.

Groombridge Place und die beiden alten Damen, die es bewohnten, waren mir seit Langem bekannt. Nach dem Tod der letzten Miss Sant sollte das gesamte Anwesen verkauft werden. Ich besichtigte es gemeinsam mit einem reichen, exaltierten Bekannten aus Südamerika, der mit dem Gedanken spielte, es zu erwerben. Seine Einstellung schockierte mich derart, dass ich gleich anschließend diese Geschichte schreiben musste. Ja, so erfand ich meinen Mr. Chase, einen ganz und gar fiktiven Charakter – den Erben einer Tradition, an der er selbst niemals teilhatte, deren Verpflichtungen er sich jedoch nicht entziehen konnte.

Ich hatte siebenundzwanzig Jahre lang keinen Blick mehr in meine Geschichte geworfen, als Mr. Martin Secker mich bat, sie neu drucken zu dürfen. Als ich sie daraufhin wieder zur Hand nahm, hatte ich meinem Jugendwerk gegenüber ein Gefühl, das einen bei der Lektüre eines Nachrufes überkommt. Kann ich die Geschichte so stehen lassen, fragte ich mich? Ist sie zu oberflächlich? Zu rührselig und sentimental? Oder ist alles, was ich dort geschrieben habe, aufrichtig empfunden, sodass es auch heute noch für sich stehen kann? Inzwischen weiß ich, dass Aufrichtigkeit allein bei Weitem nicht ausreicht; der wahre Prüfstein ist sie nicht. Im Gegenteil, sie ist Teil der Selbsttäuschung, die so manchen Autor dazu bringt, sich für einen besseren Schriftsteller zu halten, als er es in Wirklichkeit ist. Trotzdem kam ich zu dem Schluss, dass ›Die Erbschaft des Peregrinus Chase‹ eine Stimmung widerspiegelt, die ich damals empfand und mit wachsender Melancholie seitdem immer wieder empfunden habe. Sei's drum, hier ist meine Geschichte.

Sissinghurst 1949 *V. S.-W.*

1

Miss Chase lag auf ihrem riesigen, mit roter Seide bespannten Himmelbett, dessen Pfosten bis zur Decke reichten. Ihr Gesicht war mit einem Tuch bedeckt, unter dem ihre große, aristokratische Nase einem Gipfel gleich emporragte. Auch ihre Hände waren zu erkennen; sie ruhten über der Brust gefaltet, wie die Hände einer Statue. Und ihre beiden dicht nebeneinanderliegenden Füße bildeten am unteren Ende des Bettes zwei weitere Ausbuchtungen. Miss Chase war vierundachtzig Jahre alt und bereits seit vierundzwanzig Stunden tot.

In dem verdunkelten Zimmer herrschte ein schattiges Zwielicht. Draußen, im blassgoldenen Sonnenschein, in den jungen Trieben der Bäume, zwitscherten die Vögel. Belebt von goldenen Staubkörnchen, drang ein Sonnenstrahl durch einen Spalt zwischen den Gardinen und legte seine Lichtfinger auf den massiven Holzfußboden. Einer der beiden Männer, die sich mit aller erdenklichen Umsicht im Zimmer bewegten, blieb stehen, um die Gardinen vollständig zu schließen.

»Sehr ärgerlich, diese Verspätung mit dem Sarg«, nörgelte Mr. Nutley. »Immerhin habe ich die Telegramme an die Zeitungen sofort abschicken können, damit die

Verschiebung der Trauerfeier rechtzeitig bekannt gegeben wird. Ich hoffe es jedenfalls. Es wäre doch äußerst peinlich, wenn die Herrschaften aus London schon am Donnerstag zur Beerdigung kämen und nicht erst am Freitag – wirklich äußerst unangenehm. Die Leute hier aus der Gegend wissen natürlich, dass die Sache verschoben ist; aber die Leute aus London – sie sind so schwer erreichbar. Und sie wären verärgert, wenn sich herausstellen würde, dass sie einen ganzen Tag für eine Beerdigung auf dem Lande geopfert hätten, und die Beerdigung könnte dann nicht einmal stattfinden.«

»Da haben Sie völlig recht«, nickte Mr. Chase verdrießlich. »Ich weiß selbst nur zu gut, wie kostbar jede Stunde sein kann.«

»Aber ja«, entgegnete Mr. Nutley mitfühlend. »Ihnen liegt natürlich auch daran, so schnell wie möglich nach Wolverhampton zurückzukehren. Es ist sehr ärgerlich, wenn man von seiner Arbeit abgehalten wird. Und wenn *Ihnen* schon so zumute ist, obgleich die alte Dame immerhin Ihre Tante war, wie muss es dann erst den fremden Menschen aus London ergehen, die einen ganzen Tag vergeuden?«

Beide schauten vorwurfsvoll zu der steifen Gestalt auf dem Bett hinüber, aber Mr. Chase konnte sich des Eindrucks nicht erwehren, dass der Rechtsanwalt ein wenig zu eifrig darauf bedacht war, auch nur dem Anschein einer Heuchelei aus dem Weg zu gehen. Trotzdem, dachte er, war Mr. Nutleys Art alles in allem der völlig gegensätzlichen Methode von Mr. Farebrother, seinem Seniorpartner, vorzuziehen, der sich vor lauter Taktgefühl so nebulös ausdrückte, dass man manchmal den Sinn seiner Worte nicht mehr verstand.

»Alles sehr ordentlich. Mhm – Taschentücher, Handschuhe, kleine Lavendelbeutel in allen Schubladen. Genau, wie ich es erwartet hatte: Sie war ein Musterbeispiel an Pingeligkeit. Sie ging auf die Diener los und klopfte laut mit dem Stock auf den Holzfußboden, wenn irgendetwas nicht ihren Vorstellungen entsprach; und die Diener stoben dann auseinander wie frisch aufgezogene Aufziehpuppen. Ich weiß nicht, was Sie mit den Kleidern der alten Dame vorhaben, Mr. Chase. Ich glaube nicht, dass sie noch viel einbringen werden. Mit Ausnahme der Spitze vielleicht, die könnte einiges wert sein. Man müsste sie abtrennen. Aber für den Rest bekommen wir nicht mehr als zwanzig Pfund. Der Stoff ist allerdings noch ziemlich gut.« Mr. Nutley strich über eine Reihe schwarzer Seidenkleider, die unter seiner Berührung raschelten wie trockenes Laub. »Folgen Sie meinem Rat und schenken Sie ein paar davon der Haushälterin; das wird Ihnen letztlich größeren Nutzen bringen als die paar Pfund, die Sie bei der Auktion dafür bekommen könnten. Immer die Diener auf die eigene Seite ziehen, so lautet meine Devise. Aber es ist natürlich Ihre Sache. Sie sind der Alleinerbe, und niemand kann Ihnen Vorschriften machen.« Das letzte sagte er mit einem sarkastischen Unterton, den jedoch nur er selbst bemerkte – ein Unterton, der bei aller vorgeblichen Hochachtung eine Warnung enthielt, falls Chase es wagen sollte, seine Rechte einzufordern. »Außerdem glaube ich nicht«, schloss er dann, »dass wir hier noch weitere Papiere finden werden. Wir vergeuden nur unsere Zeit. Sollen wir hinuntergehen?«

»Einen Augenblick noch. Hören Sie das? Was ist das für ein Geräusch da unten im Park?«

»Ach, das! Das sind die Pfauen. Es gibt da draußen mindestens fünfzig von diesen verdammten Vögeln. Ihre Tante wollte nicht zulassen, dass sie getötet werden. Dabei können sie den schönsten Park völlig ruinieren. Ihre Tante hat den Park gemocht, aber die Pfauen waren ihr lieber. Nervenzermürbend, dieses Gekreisch! Sie sollten sie bald umbringen lassen. Das heißt, Sie *würden* sie sicherlich umbringen lassen, falls Sie hier wohnen *würden.* Sie sind ein vernünftiger Mann, das habe ich sofort bemerkt.«

Mr. Chase zog den redseligen Mr. Nutley auf den Flur hinaus und schloss die Tür hinter sich. Der Anwalt trug ein Bündel Papiere in der Hand und versuchte, zwischen die Seiten zu schielen, die von einem Gummiband zusammengehalten wurden.

»Nun«, sagte er forsch, »wenn es Ihnen recht ist, könnten wir jetzt nach unten zu Farebrother und Colonel Stanforth gehen. Sie sehen, wir versuchen, alles so schnell wie möglich für Sie zu regeln. Was ist mit der alten Dame? Wünschen Sie, dass jemand bei ihr Wache hält?«

»Ehrlich gesagt, ich weiß es nicht«, erwiderte Chase. »Wie macht man das normalerweise? Sie wissen über diese Dinge besser Bescheid als ich.«

»Oh, das ist auch gar kein Wunder!«, antwortete Nutley mit einem feinen, selbstzufriedenen Schmunzeln. »Vielleicht werden Sie mir nicht glauben, aber ich habe mindestens einmal pro Woche mit einer Leiche zu tun. Normalerweise sind immer Verwandte anwesend. In Ihrem Fall aber müssten wir jemanden aus der Dienerschaft damit beauftragen. Soll ich Fortune rufen?«

»Ja, vielleicht wäre das am besten. Aber ich weiß nicht recht. Fortune ist doch der Butler, nicht wahr? Na ja, er hat mir erzählt, die Dienerschaft hätte im Augenblick alle Hände voll zu tun.«

»Sie meinen also, es wäre nicht unbedingt nötig, Fortune bei der Erledigung seiner Pflichten zu stören?« fragte Nutley und fügte scherzhaft hinzu: »Ich denke, davonlaufen wird uns die alte Dame auf keinen Fall.«

»Nein, wir sollten ihn besser nicht stören.« Chase war erleichtert, der Notwendigkeit entkommen zu sein, einem Diener einen Befehl erteilen zu müssen.

Gemeinsam gingen sie nach unten.

»Halten Sie sich am Geländer fest, Mr. Chase, diese

polierten Treppen sind heimtückisch. Gute alte Eiche, massive Stufen – mir persönlich ist ein Teppich angenehmer. Du lieber Himmel, wie dieser Pfau mich erschreckt hat! Schauen Sie nur, er steht auf dem Sims direkt vor dem Fenster und pickt mit dem Schnabel gegen die Scheiben. Husch, husch, du grelles Federvieh!« Der Anwalt fuchtelte mit den Armen in der Luft herum, um den großen Vogel zu verscheuchen; dabei sah er selbst aus wie eine hagere, wild mit den Flügeln schlagende Krähe.

Sie blieben stehen, um dem Pfau zuzuschauen, der mit seinem prächtigen Rad auf dem äußeren Fenstersims hin- und herstolzierte. Es sah ganz so aus, als wären die Farben und Muster seines Körpers ein Teil des großen Wappenfensters an der Stirnseite des Treppenhauses. Sonnenlicht durchströmte die bunten Farben, und das helle Viereck auf den Fußbodendielen war von violetten, roten und indigoblauen Flecken durchzogen.

»Grell?«, fragte Chase. »Das ist ja barbarisch. Er leuchtet wie Juwelen. Erstaunlich!«

Mr. Nutley warf ihm einen verächtlichen Seitenblick zu. Chase war ein bleicher, schwächlich wirkender Mann mit dünnem, rotblondem Haar, Sommersprossen und wässrig blauen Augen. Er trug eine alte Norfolkjacke und verbeulte Hosen; Mr. Nutleys ungeduldiges Urteilsvermögen tat ihn als angenehm bedeutungslos ab.

»Ich glaube, Farebrother und Colonel Stanforth warten in der Bibliothek«, sagte er zu Chase.

»Vergessen Sie nicht, mich Colonel Stanforth vorzustellen«, sagte Chase, erschrocken darüber, noch einem weiteren Fremden gegenübertreten zu müssen. »Er war ein enger Freund meiner Tante, nicht wahr? Ist er der einzige Treuhänder des Vermögens?«

»Der andere ist gestorben und nie durch jemand neuen ersetzt worden. Und was Colonel Stanforths Freundschaft mit der alten Dame angeht, so war sie tatsächlich sehr eng; wahrscheinlich war er der einzige Freund, den sie jemals hatte. Alle anderen hat sie vergrault«, sagte Nutley und öffnete die Tür zur Bibliothek.

»Ah, Mr. Chase!«, rief Mr. Farebrother in erleichtertem, versöhnlichem Tonfall.

»Wir sind alle Schubladen durchgegangen«, sagte Mr. Nutley. Seine Forschheit verdoppelte sich in Gegenwart seines Seniorpartners. »Und wir haben alle notwendigen Papiere zusammen, sie waren noch nicht einmal eingeschlossen. Wir können also gleich zum Geschäftlichen kommen. Mit ein bisschen Glück kann Mr. Chase bereits in einer Woche wieder in Wolverhampton sein, trotz der verspäteten Beisetzung. Ich habe Mr. Chase gesagt, dass es streng genommen nicht ganz korrekt ist, die Papiere vor der Beerdigung zu öffnen, dass wir uns jedoch – mit Rücksicht auf seine Geschäfte in Wolverhampton und in Hinblick auf die Tatsache, dass es keine weiteren Verwandten gibt, deren Feingefühl wir verletzen könnten – gleich an die Arbeit machen.« Während er sprach, hatte er sich über den Tisch gebeugt und in den Papieren geblättert, doch jetzt schaute er auf und sah Chase peinlich berührt immer noch im Türrahmen stehen. »Lieber Himmel, das habe ich ganz vergessen. Mr. Chase, Sie kennen Colonel Stanforth, Ihren Treuhänder, noch nicht? Colonel Stanforth hat sein ganzes Leben lang auf der anderen Seite des Parks gewohnt, und ich wette, er kennt jeden Quadratzentimeter Ihres Besitzes besser, als Sie ihn je kennenlernen werden, Mr. Chase.«

Mr. Farebrother, klein, rundlich, rosig und mit einer großen Brille, lächelte gütig, als Chase und Stanforth sich die Hände schüttelten. Es gefiel ihm, Erbe und Treuhänder zusammenzubringen. Sein Vergnügen wurde jedoch durch Nutleys letzte Bemerkung getrübt, die andeutete, dass Chase wohl kaum die Gelegenheit haben würde, seinen Besitz wirklich kennenzulernen; seiner Überzeugung nach war diese Bemerkung geschmacklos.

»Na, na! Ich hoffe doch, wir werden Mr. Chase noch eine ganze Weile bei uns haben«, sagte er liebenswürdig, »wenn auch unter so traurigen Umständen wie diesen.« Eine direktere Anspielung auf den Tod, wie sie in dieser oder einer ähnlich lautenden weihevollen Floskel enthalten war, hatte man noch nie aus seinem Munde vernommen. Mr. Nutley stürzte sich sofort auf den gebotenen Anknüpfungspunkt.

»Sie dürfen nicht vergessen, Farebrother, dass Mr. Chase die alte Dame nicht gekannt hat. Das einzig Traurige an der Geschichte ist meiner Meinung nach der miserable Zustand, in dem der Besitz sich heute befindet. Bis auf den letzten Schilling mit Hypotheken belastet! Und von kreischenden Pfauen überlaufen! – Warum kommen Sie nicht hier herüber und setzen sich zu uns an den Tisch, Mr. Chase? Hier ist auch ein Stift, für den Fall, dass Sie sich etwas notieren wollen.«

Colonel Stanforth und Chase traten gleichzeitig auf den Tisch zu. Chase wandte sich schüchtern ab und ließ sich dann auf dem Sitz am Fenster nieder. Mr. Farebrother sprach einige einleitende Worte.

»Wir haben umgehend nach Ihnen geschickt, Mr. Chase. Das heißt, Colonel Stanforth, der zugegen war, als das beklagenswerte Ereignis eingetreten ist, setzte sich mit uns und Ihnen gleichzeitig in Verbindung. Wir möchten Sie willkommen heißen, und zwar mit aller Herzlichkeit, die angesichts der Trauer, die diese Zusammenkunft überschattet, geboten ist. Wir heißen Sie willkommen auf dem herrlichen Anwesen, das sich die letzten fünfhundert Jahre stets im Besitz Ihrer Familie befunden hat. Gleichzeitig möchten wir über die wirtschaftlichen Schwierigkeiten, die im Zusammenhang mit diesem Besitz zu beklagen sind, unser tiefstes Bedauern ausdrücken. Und wir möchten Ihnen versichern – ich spreche sowohl für meinen Partner als auch für mich selbst –, dass unsere Kanzlei in keiner Weise für die Führung des Anwesens verantwortlich war und ist. Miss Chase, Ihre Tante, die ich stets überaus verehrte, war eine Dame von sehr entschlossenem Charakter und wohltätigen Regungen ...«

»Sie meinen, sie war eine starrsinnige alte Sentimentale«, versetzte Mr. Nutley, dem der Geduldsfaden riss.

Mr. Farebrother machte ein leicht gequältes Gesicht.

»Wohltätige Regungen«, wiederholte er, »die sie auf keinen Fall einschränken wollte. Colonel Stanforth wird Ihnen gern erzählen, wie oft er mit ihr darüber gesprochen hat ...«

»Allerdings«, sagte Colonel Stanforth, »und Gott ist mein Zeuge, ein störrischer, alter Esel ließ sich leichter von der Stelle bewegen als Phillida Chase. Es gab säumige Pächter und was weiß ich nicht noch alles für Schwierigkeiten ... Ich muss sagen, es macht mich traurig, dass Blackboys mit Schulden belastet ist ...«

»Mit Schulden belastet! Mein Freund, ich werde es bei nächstbester Gelegenheit unter den Hammer bringen«, unterbrach ihn Mr. Nutley erneut und klopfte energisch mit dem Stift auf den Tisch.

»Ach, wie schön wäre es doch gewesen«, nahm Mr. Farebrother seufzend erneut den Faden seiner Rede auf, »wenn wir die Hinterlassenschaft der alten Dame in einem zufriedenstellenderen Zustand angetroffen hätten. Wie freudig hätten wir dann unsere Pflicht gegenüber Mr. Chase erfüllt! Ihre Familie, Mr. Chase, herrschte nämlich schon auf Blackboys, als es hier überhaupt noch kein Haus gab. Eine so weit zurückreichende Tradition zerstören zu müssen ...«

»Altmodisches Zeug, Farebrother!«, versetzte Nutley bissig. »Das ist doch alles längst passé.«

»Lassen Sie uns zum Testament kommen«, schlug Stanforth vor.

Bereitwillig zog Mr. Nutley aus dem Papierstapel, der vor ihm lag, das Testament hervor.

»Herrje, herrje«, seufzte Mr. Farebrother und säuberte seine Brille. Eine Testamentseröffnung war für ihn immer eine schmerzliche Angelegenheit. Es muss ein wahrhaft ungnädiges Schicksal gewesen sein, das einen so liebenswürdigen und versöhnlichen Charakter, wie er es nun einmal war, in die melancholischen Gefilde des Gesetzes verschlagen hatte.

»Es ist sehr kurz«, sagte Nutley und begann, laut vorzulesen.

Zunächst ging es um die einmalige Auszahlung einer Summe von fünfhundert Pfund an John Fortune, den Butler, in Anerkennung seiner langjährigen und treuen Dienste, und einer Summe von zweihundertfünfzig Pfund an Edward Stanforth, »in Erwartung seiner Dienste nach meinem Tode«. Des Weiteren vermachte die Erblasserin das Herrenhaus von Blackboys, sämtliche zum Herrenhaus gehörenden Ländereien, Nebengebäude, verpachtete und vermietete Häuser sowie Grundstücke in den Grafschaften Sussex und Kent neben allen anderen beweglichen und unbeweglichen Gütern ihrem Neffen Peregrinus Chase, wohnhaft in Wolverhampton.

»Eine vernünftige Frau – sie hat ihr Testament von einem Juristen aufsetzen lassen«, sagte Mr. Nutley. »Keine Hintertürchen, keine Zweideutigkeiten, keine Probleme. Eine vernünftige Frau. Wir können uns gleich an die Arbeit machen.«

»Ah, ja!« Mr. Farebrother unterbrach ihn in wehmütiger Erinnerung. »Wie deutlich ich mich an den Tag erinnere, an dem Miss Chase mich rufen ließ, damit ich ihr beim Aufsetzen ihres Testaments behilflich sein könnte. Es war ein sonniger Tag, genauso wie heute. Ich musste eine Weile auf sie warten, bis sie ins Zimmer trat, einen schwarzen Spitzenschal auf dem weißen Haar, die Hände auf den Stock gestützt. Ihre Tante hatte wunderschöne Hände, Mr. Chase, kühle Hände, zart wie Elfenbein. Überhaupt, sie war von unvergesslicher Anmut ... Eine *grande dame* der alten Schule. Und sie hatte ihr Vergnügen daran, mich mit meiner Zurückhaltung zu necken, die kaum zuließ, dass ich eingestand, auch *sie* könne eines Tages ... Ah, das Aufsetzen von Testamenten ist eine schmerzliche Angelegenheit, aber ich erinnere mich noch deutlich daran, wie sie, galant wie immer ...«

»Aber das ist doch alles Unsinn, Farebrother!«, fuhr Mr. Nutley grob dazwischen, da sein Seniorpartner sich offenbar anschickte, bis auf Weiteres endlos abzuschweifen. »Von unvergesslicher Anmut! In Wirklichkeit hatten Sie eine Heidenangst vor ihr. So rührselig reden Sie nur über andere, wenn sie bereits gestorben sind.«

Mr. Farebrother blinzelte mild, und Nutley fuhr fort, ohne weiter von ihm Notiz zu nehmen.

»Sie haben weniger herausgeschlagen als John Fortune«, sagte er zu Stanforth, »und Sie werden wahrscheinlich wesentlich mehr Ärger haben.«

»Soweit ich verstanden habe«, Stanforth erhob sich von seinem Stuhl und begann, langsam im Zimmer auf- und abzuschreiten, »ist das Erbe außerordentlich hoch belastet, ohne mit einem nennenswerten Vermögen verbunden zu sein. Vor allem ist da zunächst einmal die Hypothek über zwanzigtausend Pfund. Wie hoch ist das Einkommen, das die Farmen abwerfen?«

»Zweitausend im Jahr.«

»Wenn man die Einkommenssteuer und die Hypothekenzinsen bezahlt hat, beginnt man das Jahr also gleich mit einem Defizit. Grauenhaft!«, sinnierte Stanforth. »Eines jedenfalls ist klar: Das Ganze muss verkauft werden. Man könnte natürlich versuchen, das Haus zu behalten, aber wer könnte es sich noch leisten, darin zu wohnen, wenn alles andere unter den Hammer gekommen ist? Das Land allein ist nicht viel wert, aber wir haben ja zum Glück das Haus und den Park. Was meinen Sie, Nutley? Dreißigtausend? Vierzig?«

Mr. Nutley pfiff durch die Zähne.

»Sie sind optimistisch. Das Haus ist nicht sehr groß und zudem wenig komfortabel. Keine Badezimmer, kein elektrisches Licht, keine Garage, keine Zentralheizung. Der Käufer müsste für alle diese Dinge selbst aufkommen, und der Wassergraben müsste auch noch trockengelegt werden. Er ist unhygienisch.«

»Trotzdem, das Haus hat historischen Wert«, entgegnete Stanforth. »Ich glaube, wir könnten dafür ohne Weiteres dreißigtausend veranschlagen. Es gilt als ein Musterbeispiel des elisabethanischen Baustils, so hat man es mir immer gesagt, und der Wassergraben und die Nebengebäude im Tudorstil können seinen Wert nur noch steigern. Dreißigtausend für das Haus«, notierte er auf einem Zettel.

»*Ich* würde es jedenfalls nicht haben wollen«, sagte Mr. Nutley und schaute sich um. »Niedrige Decken, dunkle Flure, ein stinkender Wassergraben und spiegelglatte Treppenstufen. Aber wenn man das Tudorstil nennt – bitte sehr.« In seiner Stimme klang ein boshafter Unterton mit. »Aber Sie haben recht, es ist das Haus eines Gentleman, das möchte ich nicht bestreiten, und es wird auf dem Markt ein interessantes Objekt abgeben.« Er fuhr sich mit der Zungenspitze über die Lippen – eine Geste, die bei einem so geschäftstüchtigen, hageren Menschen erschreckend sinnlich wirkte.

»Bleiben noch die Möbel, Wandteppiche und Bilder«, fuhr Stanforth fort. »Ich glaube, dafür können wir weitere zwanzigtausend veranschlagen. Amerikaner ... ich meine, der zukünftige Besitzer des Hauses möchte vielleicht einige Möbel behalten. Die Bilder sind, soweit ich weiß, nicht besonders wertvoll, nur für die Familie selbst interessant. Zwanzigtausend. Damit ließe sich die Hypothek tilgen. Was ist mit den Farmen und dem Land?«

»Man könnte einen Teil des Parks in Baugrundstücke aufteilen«, bemerkte Nutley. Mr. Farebrother stieß einen kleinen Schrei des Entsetzens aus.

»Den Park? Es ist ein sehr hübscher Park, Nutley.«

»Sehr hübsch, und jede Wohnungsbaugesellschaft, die dort ein halbes Dutzend Häuser hochzöge, hätte ein bombensicheres Geschäft in der Tasche«, erwiderte Mr. Nutley, seinen Seniorpartner absichtlich missverstehend. »Wir sollten das Gebiet auf dem Hügel dafür vorsehen; von dort aus hat man den besten Blick. Was meinen Sie, Colonel Stanforth?«

»Ich finde, der Käufer des Hauses sollte die Möglichkeit haben, selbst zu entscheiden, ob er den gesamten Park mitkaufen möchte oder nicht. Allerdings müsste der für die Grundstücke günstigste Teil des Parks zum Baulandpreis gehandelt werden.«

Mr. Nutley nickte. Er schätzte Colonel Stanforths nüchternen Geschäftssinn.

»Bleibt immer noch das Farmland«, sagte er mit einem Blick in seine Papiere. »Ungefähr zweitausend Morgen, dazu drei Farmhäuser und etwa zwanzig kleinere Häuser. Es ist ein bisschen schwierig, den Preis abzuschätzen. Na ja, wenn man alles zusammennimmt ... zwanzig Pfund pro Morgen, die Gebäude eingeschlossen, ein Teil des Landes ist nämlich weniger wert. Ich würde sagen, vierzigtausend. Und damit hätten wir dann auch schon alles verkauft. Wir können von Glück reden, wenn wir die Erbschaftssteuer und die Hypothek aus dem Erlös begleichen können und Mr. Chase mit dem, was ihm das Haus selbst einbringt – vermutlich ein paar hundert Pfund, ausgesetzt als jährliche, lebenslange Rente –, zurück nach Wolverhampton schicken können.«

Sie starrten zu Chase hinüber, dessen Verbindung mit der ganzen Sache sie bis zu diesem Punkt offenbar völlig vergessen hatten. Nur Mr. Farebrother schlug die Augen nieder, während er mit peinlicher Genauigkeit seinen Bleistift spitzte.

»Eine ganz und gar unbefriedigende Geschichte«, sagte Mr. Nutley. »Ich an Ihrer Stelle, Chase, würde mich ärgern, wegen einer solchen Lappalie meine täglichen Geschäfte vernachlässigen zu müssen. – Wie Sie schon sagten, Colonel Stanforth, Mr. Chase kann sich wahrscheinlich glücklich schätzen, wenn er nach Regelung aller Verpflichtungen den eigentlichen Wert des Hauses für sich beanspruchen kann. Also gut. Wollen wir uns um eine Auktion oder einen Privatverkauf bemühen? Die jetzigen Pächter werden vermutlich die Farmen kaufen wollen. Aber das Haus wird, wenn es entsprechend annonciert wird, wahrscheinlich eine ganze Reihe von Käufern anlocken. Wir bräuchten einen zuverlässigen Mann, der die Interessenten überall herumführt. Ich schlage den jetzigen Butler vor. Er stand über dreißig Jahre in den Diensten von Miss Chase.« Er schaute sich, Antwort heischend, um. Chase und Stanforth nickten gleichzeitig. Allerdings fühlte sich Chase so sehr als Außenseiter, dass er sich fragte, ob Nutley sein Nicken überhaupt für gerechtfertigt hielt. »Würden Sie bitte an der Klingel ziehen, Farebrother? Direkt hinter Ihnen. Schauen Sie sich diese Klingel an, Gentlemen! Welch antiquierte Einrichtung! Kein Zweifel, das Haus ist fürchterlich unpraktisch.«

Fortune, der Butler, betrat das Zimmer. Er war ein schlanker, grauhaariger Mann, in schickliches Schwarz gekleidet.

»Vielleicht geben Sie die Anweisungen, Nutley«, sagte Chase von seinem Fensterplatz aus, als der Anwalt höflich zögernd zu ihm hinüberschaute.

»Ich spreche für Mr. Chase, Fortune«, sagte Mr. Nutley. »Das Testament Ihrer verstorbenen Herrin ist leider nicht sehr befriedigend, und Blackboys wird schon bald zum Verkauf anstehen. Wir möchten, dass Sie bis dahin hierbleiben. Sie selbst können, glaube ich, am besten beurteilen, wie viel Personal Sie zu Ihrer Unterstützung brauchen. Den anderen Dienern teilen Sie bitte mit, dass Sie mit Frist von einem Monat gekündigt werden. Übrigens, Miss Chase hat Ihnen in ihrem Testament fünfhundert Pfund vermacht, es wird aber eine Weile dauern, bis Sie das Geld bekommen können.«

»Blackboys wird zum Verkauf freigegeben?«, fragte Fortune.

»Oh, mein Bester, fangen Sie nicht schon wieder zu jammern an!«, rief Mr. Nutley hastig. »Denken Sie an die fünfhundert Pfund – eine recht hübsche Summe, die wir alle sehr gut gebrauchen könnten.«

»Oje, oje!« Mr. Farebrother seufzte verzweifelt, stand auf und klopfte Fortune auf die Schulter.

Nutley legte die Papiere wieder zu einem ordentlichen Stapel zusammen und schlug damit auf den Tisch, so als handele es sich um einen Stapel Spielkarten. Dann schaute er hoch und sagte:

»Alles in Ordnung, Fortune? Dann wollen wir Sie nicht länger aufhalten. Danke. Nun, Mr. Chase, wenn wir Ihnen im Laufe des morgigen Tages irgendwie behilflich sein können, brauchen Sie mich oder Farebrother nur anzurufen – oh, ich habe völlig vergessen, dass es in diesem Haus gar kein Telefon gibt.«

Chase, der Nutley im stillen bewundert hatte, in ihm

einen fähigen und tüchtigen Anwalt sowie einen erstklassigen Geschäftsmann gesehen hatte, bemerkte plötzlich, dass ihn die in dieser Aussage versteckte Kritik ziemlich ärgerlich machte.

»Ich kann ja aufs Postamt gehen, wenn ich telefonieren will«, erwiderte er kühl.

Mr. Farebrother bemerkte den verärgerten Unterton und dachte mit Bedauern: »Oje, oje! Nutley hat ihn beleidigt, hat ihn die ganze Zeit schon rücksichtslos übergangen. Ich hätte das richtigstellen müssen. Wie nachlässig von mir!«

Dann sagte er laut: »Wenn Mr. Chase lieber nicht in diesem Hause nächtigen möchte, würde ich mich selbstverständlich glücklich schätzen, ihm meine Gastfreundschaft anzubieten ...«

»Na, Angst, die alte Dame könnte spuken, Chase?«, fragte Mr. Nutley mit einem Lachen, das seinen Spott nur mühsam verbarg.

Sie lachten alle, mit Ausnahme von Mr. Farebrother, dem eher schmerzlich zumute war.

Chase war müde; er wünschte, sie würden endlich gehen. Er wollte allein sein.

2

Er war allein, sie waren alle gegangen. Stanforth stapfte in seinem allzu pompösen, groß karierten Anzug und den viel zu weiten Knickerbockern mit großen Schritten durch den Park, die beiden Rechtsanwälte fuhren in einem Wagen davon. Sie waren verschwunden, und mit ihnen das Gerede um Hypotheken und Hypothekenzinsen, Pächter und Ländereien, mögliche Käufer und Baugrundstücke, Auktionen und Privatverträge! Chase stand auf der Brücke, die über den Wassergraben führte, und sah ihnen nach. Er war noch immer ein wenig verwirrt. Seitdem ihn Stanforths Telegramm erreicht hatte, hatte er keinen Augenblick lang in Ruhe nachdenken können. In Blackboys angekommen, war er sofort von Nutley herumkommandiert worden, man hatte ihm Wünsche und Meinungen in den Mund gelegt, und er war auf eine ganze Reihe von vorgefertigten Absichten gestoßen, die er nur noch zu übernehmen brauchte. Das alles hatte ihm zweifellos eine Menge Ärger erspart. Und doch war er froh über die Atempause. Es gab Dinge, über die er nachdenken wollte, Vorstellungen, an die er sich gewöhnen musste.

Er war arm; und auf freudlose Weise an harte Arbeit

gewöhnt. Er leitete die Zweigstelle einer kleinen Versicherungsgesellschaft in Wolverhampton. Vom Leben erhoffte er sich nichts Besonderes mehr. Von Natur aus nicht gerade robust, blieb ihm, nachdem er seine tägliche Arbeit gewissenhaft erledigt hatte, kaum noch überschüssige Energie. Er bewohnte ein möbliertes Zimmer in Wolverhampton, rauchte zu viel und aß zu wenig. Er hatte immer gewusst, dass er eines Tages, wenn seine Tante starb, Blackboys erben würde, aber Blackboys war für ihn nichts weiter als ein Name gewesen, und er war immer davon ausgegangen, dass dieses Erbe ihm nichts anderes einbringen könnte als Ärger und dass er, wenn die ganze Sache geregelt wäre, sein gewohntes Leben wieder dort aufnehmen würde, wo es unterbrochen worden war.

Er wandte sich um und schaute das Haus an. Ein fröhlicherer und optimistischerer Mensch, als Peregrinus es war, hätte diesen unverhofften Ausflug als Urlaub genossen, doch er war weder optimistisch noch fröhlich. Er betrachtete das Leben mit einem Blick, der eine trübe, ja fast schon trotzige Ernsthaftigkeit verriet, und sein gesammelter Groll über diese kaum Gewinn bringende Pflichterfüllung richtete sich jetzt gegen die vermeintliche Unfähigkeit seiner Untergebenen in Wolverhampton. Chase besaß die altjüngferliche Eigenschaft, dass er den Gedanken, andere sollten seine Angelegenheiten erledigen, nicht ertragen konnte. Sein schlichtes Gemüt war jedoch zu beschränkt, um tatsächlich irgendjemandem gegenüber Missachtung zu empfinden, und er war zu bescheiden, um sich tatsächlich von einer üblen Laune hinreißen zu lassen. Trotzdem machte er sich Sorgen.

Das Haus überragte ihn, ernst und gesetzt. Seine Fassade aus alten, pflaumenfarbenen Backsteinen, das auf dem Kopf stehende V seiner beiden Giebel, die rechteckigen Fenster und die cremefarbene Stuckverzierung des kleinen Säulenganges, der die beiden vorspringenden Flügel miteinander verband – alle diese Details spiegelten sich unverzerrt in der grünen Stille des Wassergrabens. Das Haus war nicht besonders groß. Es hatte nur die beiden Flügel und das Mittelgebäude. Doch, so wie es da stand, war es harmonisch, ja vollkommen. Selbst Chase, der nichts von Architektur verstand, sich auch nicht viel daraus machte, und dessen sorgenvolle Gedanken noch in Wolverhampton weilten, wurde allmählich von einem Gefühl angenehmer Zufriedenheit erfüllt. Das Haus war überschaubar, hübsch, anheimelnd. Ohne jeden Makel. Schön in Farbe und Konstruktion. Seine edlen Proportionen vermittelten den Eindruck gelassener Würde. Es war ein Teil der abendlichen Landschaft und der herrschenden Stille.

Das Landleben war Chase so gut wie unbekannt: Er hatte sein Leben in Städten verbracht, in Fabrikstädten. Hier stand er nun, auf der Grenze zwischen Sussex und

Kent, wo die nächste Stadt ein Dorf war, eine Ansammlung von Häusern und Hütten, mitten im Grünen, vor den Toren zu seinem Park. Das Haus schien im Paradies zu liegen.

Ein kleines, hölzernes Tor, moosbewachsen und ein wenig morsch, trennte die Brücke von der mit Kies bestreuten Einfahrt. Er schloss es und schob den Riegel vor. Jetzt stand er auf der Insel, die vom Wassergraben umgeben war. Schwalben über dem Wasser übten sich im Sturzflug; im goldenen Dunst des Maiabends war die Luft voll von Insekten. Leichte Nebelschwaden lagen über dem Gras, blau und golden; sie vertieften das Geheimnis des Parks, verhüllten seine Nischen und Winkel. Chase streckte die Hand aus, als wollte er einen Schleier beiseiteschieben ...

Erschrocken ertappte er sich bei dieser Geste und schaute sich schuldbewusst um; er hatte Angst, dass er beobachtet wurde. Aber er war allein, selbst die Gardinen hinter den Fenstern waren zugezogen. Er verspürte das Verlangen, den Park zu erkunden, doch blieb er zögernd stehen. Bisher hatte er private Parks nur an den Tagen erkundet, an denen sie für die Öffentlichkeit freigegeben waren. Er erinnerte sich der schmerzlichen Ungläubigkeit, mit der er die anderen Besucher beobachtet hatte, die einfach Blumen vom Rand eines Beetes pflückten. Er selbst empfand Respekt vor dem Eigentum anderer Menschen. Selbstverständlich war er stolz darauf, zu den Sozialisten zu gehören, wie das bei den jungen Männern, mit denen er gelegentlich in Wolverhampton verkehrte, nun einmal Mode war. Doch im Gegensatz zu ihnen hatte er Traditionen gegenüber einen ausgeprägten Sinn für Ehrfurcht, der instinktiver war als seine sozialistischen Überzeugungen. Er hatte immer gedacht, als Eigentümer eines Parks wäre er ungehalten. Jetzt aber, wo er der Eigentümer war, zögerte er, den Park zu betreten, empfand sich selbst als Eindringling. Hätte er einen Diener gesehen, sicherlich wäre er umgekehrt und in die entgegengesetzte Richtung davongegangen.

Das Haus lag in der Senke am Fuße eines bewaldeten Hügels, der es gegen Norden schützte. Der Park aber erstreckte sich oberhalb des Hauses gegen den Hang hin. In seiner Anlage war er recht einfach: Ein Mittelweg teilte das viereckige Terrain in zwei Hälften. Der Weg bestand aus flachen, niedrigen Stufen und war von einer steinernen Mauerkrone gesäumt. Der ganze Park wurde von einer Mauer umschlossen. Um ihn vom Haus aus zu erreichen, passierte man eine kleine Brücke, die über den Wassergraben am Beginn des Mittelwegs führte. Diese augenfällige, harmonische Schlichtheit hätte durch keine andere Aufteilung erreicht werden können; sie war mit dem Land aufs Engste verbunden. Und sie schmeichelte Chase mit der köstlichen Vorstellung, dass er, ein einfacher Mann, die Pläne ebenso gut erdacht und ausgeführt haben könnte wie der Architekt.

Allerdings, Chase musste sich eingestehen, dass ein einfacher Mann wohl kaum an die Pfauen gedacht hätte. Sie bildeten das königliche Element, das die sanfte Freundlichkeit von Haus und Park vor der Gefahr einer allzu genügsamen Selbstgefälligkeit bewahrte. Verwundert hielt er inne, als er die Vögel zum ersten Mal tatsächlich erblickte. Zu beiden Seiten des Weges saßen sie, dreißig oder vierzig an der Zahl; die langen Schwanzfedern berührten fast den Boden, ihre feinen Krönchen erhoben sich in einer langen, fedrigen Reihe, und das Blau ihrer Brüste erstrahlte prächtig auf der grauen Mauerkrone. In der Mitte des Parks wurde die Mauerkrone von zwei mächtigen Steinkugeln unterbrochen. Auf einer der Kugeln spreizte sich ein Pfau mit aufgefächertem Rad und stieß einen disharmonischen Schrei aus, als wolle er damit den Triumph seiner Schönheit in die ganze Welt hinausschreien.

Chase blieb stehen. Er war zu scheu, um diese hoheitsvollen Vögel zu stören. Er dachte an den Farbenwirbel und die Empörungsschreie, die sein Weitergehen auslösen würden, und ihrer Arroganz gegenüber fühlte er sich in seiner Schüchternheit machtlos. Doch er blieb noch lange stehen und betrachtete die Pfauen, bis der Park sich, ehrwürdig und düster, in die Schleier des blauen Abends hüllte. Er ging nicht über den Wassergraben, sondern hielt auf der kleinen Brücke inne, in der Mitte zwischen Haus und Park, während die Dunkelheit sich mit der Stille eines Abendgottesdienstes über ihn legte. Er schaute sich um und fragte sich immer wieder: »Meins? *Meins?*« Es klang verblüfft und abwehrend zugleich.

3

Als Fortune ihm vor dem Abendessen sein Zimmer zeigte, folgte Chase ihm stumm. Nutley hatte ihn bei seiner Ankunft durch das Haus geführt, und er hatte alles ohne Staunen hingenommen – wie eine Führung durch ein berühmtes Schloß, für dessen Besichtigung er einen Schilling bezahlt hatte. Die Eingangshalle, das Esszimmer, die Bibliothek, die lange Galerie. Er hatte sie gesehen, den Redefluss des Anwalts mit höflichem Nicken begleitet und keinen Moment lang daran gedacht, alle diese Räume als sein persönliches Eigentum zu betrachten. Doch jetzt in diesem Zimmer, das den anderen Zimmern, die er gesehen hatte, so sehr ähnelte, allein gelassen zu werden und gesagt zu bekommen, dass dies sein Schlafzimmer sei! Die Vorstellung, dass er in diesem mit Brokat und Pfauenfedern verzierten Himmelbett tatsächlich schlafen würde! Der Gedanke, dass in diesem kleinen und doch so prächtigen Zimmer ganz triviale, vulgäre Verrichtungen wie das tägliche An- und Auskleiden stattfinden sollten – das war ein Schock, der ihm fast den Atem nahm.

Verlegen zupfte er an seiner Krawatte, schaute sich im Zimmer um und pfiff leise durch die Zähne. Die Wände waren mit großen Wandteppichen behangen: eine graugrüne Landschaft, an den Seiten gerahmt von zwei stämmigen, gedrechselten Säulen, oben durch Girlanden aus Blumen und Früchten miteinander verbunden, besiedelt von Putten, die in diesem gewebten Arkadien pausbäckig auf ihren Instrumenten bliesen. Hochlehnige, schwarzgoldene Stuart-Stühle ... Chase wollte die Stiefel ausziehen, wagte es jedoch nicht, auf dem gelbbraunen Rohrgeflecht Platz zu nehmen. Behutsam ging er umher, voller Angst, etwas zu zerstören. Dann fiel ihm ein, dass ja alles ihm gehörte, er also getrost zerstören könnte, was immer er wollte. Alles unterlag seinen Befehlen: das Haus, die Zimmer, der Park. Nicht zu vergessen die geheimnisvollen Farmen und Morgen, von denen Nutley und Stanforth gesprochen hatten. Doch diese Erkenntnis rief kein Hochgefühl in ihm hervor, sondern Verlegenheit und ein gewisses Entsetzen. Mehr denn je ängstigte ihn die Vorstellung, es könnte früher oder später jemand zu ihm kommen und ihn nach seinen Befehlen fragen ...

Er zögerte lange, ehe er sich entschloss, zum Abendessen hinunterzugehen. Selbst als er mit einem energischen Schwung die Tür seines Schlafzimmers aufgestoßen hatte, blieb er noch schwankend auf der Schwelle stehen. Der Flur, erleuchtet von der gelben Flamme einer einzigen Kerze in einem silbernen Kerzenhalter, war voller Schatten. Die roten Samtvorhänge vor dem großen Fenster reichten von der Decke bis zum Boden. Am anderen Ende des Flurs, hinter einer jener geheimnisvollen, geschlossenen Türen, lag die Tote in ihrem pompösen Himmelbett. So muss das Haus seit Jahren Abend für Abend vor sich hingedämmert haben – mit nur einem Unterschied, dass aus einer der Türen die in schwarze Seide gekleidete, auf einen Stock gestützte, alte Dame getreten war, sich mit der einen Hand ans Geländer geklammert und mit der anderen vorsichtig den Gummiring ihres Krückstocks von einer Stufe zur nächsten geschoben hatte. Jetzt war es ein fremder Versicherungsangestellter aus Wolverhampton, der zögernd die Stufen hinunterschlich, weil er fürchtete, während des Essens würde ein Diener im Zimmer bleiben, um ihm aufzuwarten.

Es war, wie er es befürchtet hatte. Chase stocherte unglücklich auf seinem Teller herum und war sehr erleichtert, als man ihn endlich mit Port und Madeira und vier brennenden Kerzen, deren helle Flammen sich in der glänzenden Platte des alten Eichentisches spiegelten, allein ließ. Ein Windhund, der sich am Fuß der Treppe zu ihm gesellt hatte, hockte jetzt mit ernster Miene neben ihm. Chase steckte ihm einige Kekse zu, was er sich in Gegenwart des Dieners nicht getraut hatte. Er lehnte sich auf seinem Stuhl zurück und malte sich aus, was er mit den paar hundert Pfund im Jahr anfangen würde, die Nutley ihm in Aussicht gestellt hatte. Vielleicht war die ganze Sache doch nicht gänzlich umsonst gewesen. Er könnte aus seinem möblierten Zimmer in Wolverhampton ausziehen; vielleicht könnte er sich ein kleines Häuschen mit Vorgarten leisten. Seine Fantasie ging nicht über Wolverhampton hinaus. Vielleicht könnte er einen Teil des Tafelsilbers behalten; es wäre schön, etwas zu besitzen, das ihn an seine Verbindung zu Blackboys und zu seiner Familie erinnerte. Vorsichtig hob er eine kleine Silberschale auf, die den einzigen Tischschmuck bildete, und drehte sie prüfend in der Hand. Er erschrak, als er das darin eingravierte Wappen sah: Das gleiche Wappen trug der Siegelring, den er von seinem Vater geerbt hatte. Das gleiche Wappentier, der Wanderfalke, und das gleiche Motto: *Intabescantque relicta.* Wie absurd, darüber zu erschrecken! Er wusste doch, dass er hier kein Fremder war. Er war ein Chase, gehörte ebenso zur Familie wie die tote alte Dame und die längst verstorbenen Männer und Frauen auf den Porträts oben in der langen Galerie. Er hatte das Wappen an diesem Tag sogar schon einmal gesehen, im Wappenfenster, aber es war ihm nicht wirklich ins Bewusstsein gedrungen. Jetzt gab es ihm neues Selbstvertrauen. Es sagte ihm, dass er nicht der Eindringling war, als den er sich selbst empfand.

Es war äußerst angenehm, hier zu verweilen. Stille und Schatten umgaben den Lichtkreis der Kerzen, der sich auf der glänzenden Tischplatte ausgebreitet hatte und die Silberschale samt dem dunklen Wein in den rundbäuchigen Karaffen zum Schimmern brachte. Angenehm auch, von einem eigenen kleinen Haus zu träumen, das jetzt vielleicht für ihn erreichbar war. Doch er beschloss, das Zimmer lieber zu verlassen; es hätte ein Diener kommen können, der den Tisch abräumen wollte.

Er stand auf und trat in die Halle hinaus, gefolgt von dem Hund, der ihn offenbar bereits zum neuen Herrn erkoren hatte. Da Chase seinen Namen nicht wusste, beugte er sich hinunter, um die Inschrift auf seinem Halsband zu lesen, fand jedoch nur die Adresse: CHASE, BLACKBOYS. Das war natürlich die Adresse der alten Dame gewesen, aber auch für ihn würde sie gelten; er bräuchte das Halsband gar nicht erst ändern zu lassen. CHASE, BLACKBOYS. Die Adresse wurde einfach weitergegeben, ohne Veränderung. Das erzeugte in ihm ein eigenartiges Gefühl. Sein Ausflug nach Blackboys war ein ungewöhnliches Erlebnis, unterbrach sein Leben. Ihm war kaum bewusst, wo er war oder was er dort zu suchen hatte; immer wieder musste er es sich mit Mühe ins Gedächtnis rufen.

In der Halle zögerte er. Er wusste nicht, wo sich die Tür zur Bibliothek befand. Er hatte Angst, dass er die falsche Tür öffnen und sich plötzlich in den Räumlichkeiten der Diener befinden, ja, sie vielleicht sogar beim Abendessen stören könnte. Der Hund blieb vor einer Tür stehen, wedelte mit dem Schwanz und schaute Chase auffordernd an. Er drehte vorsichtig am Knauf. Es war die falsche Tür, doch sie führte nicht zu den Räumen der Diener, sondern direkt in den mondbeschienenen Park. Der Windhund sprang hinaus, um im Mondschein umherzutollen, der Geist eines Hundes in einem geisterhaften Park.

Chase trat hinaus, schritt den Weg zum Hügel hinauf, wo er sich umwandte, um auf das Haus, das sich still in die Senke schmiegte, zurückzuschauen. Das Mondlicht glänzte auf dem Wassergraben, spiegelte sich in einem der Fenster. Kein Atemzug störte diese milchweiße Stille; große Laken aus Licht lagen ausgebreitet über den Wiesen, undurchdringliche Blöcke aus Schatten umgaben sie. Über den tieferliegenden Teil des Parks zog ein leichter, weißer Nebel, am dunstigen Himmel stand ruhig und majestätisch der Mond.

Chase hatte das Gefühl, in einer so vollkommen vorbereiteten Szenerie müsste irgendetwas geschehen. Wie schade, dass dies alles umsonst gewesen sein soll ... Wie viele solcher Nächte sind schon vergeudet worden! Die verschwenderische Schönheit von Sommernächten, die voll trügerischer Hoffnung unter dem Mond vorüberziehen, schamlos Liebe erflehen!

Doch nichts geschah. Es war niemand da, nur Chase, der auf das stille Haus hinunterschaute. Noch lange stand er da und dachte, dass sich in dieser Nacht, die für Liebende wie geschaffen war, keine Liebenden getroffen hatten.

4

Er war sehr erleichtert, als die Beerdigung vorüber war und die vielen unbekannten Nachbarn die ihm die Hand geschüttelt und mitfühlende Worte gemurmelt hatten, gegangen waren. Er war auch froh, dass das Haus von der Gegenwart seiner Tante befreit war, denn von nun an konnte er unbeschwert umherstreifen, ohne befürchten zu müssen, die Tote könnte jeden Augenblick auftauchen und mit drohend erhobenem Finger seine wenigen, ängstlich getroffenen Anordnungen tadeln. Er stand auf der Schwelle zur Bibliothek und schaute auf eine Vase mit korallenfarbenen Tulpen, die sich in ihrer durchsichtigen Zartheit fröhlich von dem nüchternen, getäfelten Raum abhoben. Er war dankbar für die Stille, die sich immer wieder über das Haus legte und die Sorgen wie durch einen sanften Tadel in Schach hielt.

Seine Erinnerungen an die Beerdigung waren, wie er zu seiner Bestürzung feststellen musste, vornehmlich absurder Natur. Mr. Farebrother hatte sich an seine Seite geschlichen, sobald er Nutley anderswo beschäftigt wusste, als sie nach der Trauerfeier zu Fuß durch die Allee zum Haus zurückgekehrt waren. »Es ist doch wirklich schade, dass das alles verkauft werden soll«, hatte

Mr. Farebrother ihm zugeflüstert, »ein richtiges Unglück.« Chase hatte der Form halber zugestimmt. »Aber vielleicht kommt es ja gar nicht dazu«, hatte Mr. Farebrother mit vager Zuversicht hinzugefügt. Chase hatte wieder irgendetwas Zustimmendes gemurmelt. »Bis zu dem Augenblick, wo es endgültig schiefgeht, hoffe ich immer, die Dinge kommen doch noch ins Lot«, hatte Mr. Farebrother lächelnd geflüstert. »Auch der Tod Ihrer Tante ist sehr traurig«, hatte er dann laut hinzugefügt. »Ja«, hatte Chase geantwortet. »Nun ja, vielleicht wird alles gar nicht so schlimm, wie wir glauben«, hatte Mr. Farebrother erwidert. Chase hatte ihn erschrocken angestarrt – fassungslos über die unermüdliche Zuversicht des rosigen, alten Mannes.

In diesem Augenblick jedoch dachte er nicht mehr an die Beerdigung. Morgen würde er Blackboys verlassen. Ohne Zweifel – seine Geschäfte in Wolverhampton würde er in einem schrecklichen Zustand vorfinden. »Tja, ja«, seufzte er geistesabwesend, obwohl seine Augen noch immer auf den Tulpen ruhten. Aber sein Ärger über die Vorgänge in Wolverhampton war eher oberflächlicher Natur. Die Geschäfte beanspruchten ihn zwar sehr: die Geschäfte seiner Arbeitgeber. Aber seine eigenen, privaten Geschäfte hatten auch ein Recht auf Erledigung, würden ein oder gar zwei Monate seines Lebens in Anspruch nehmen. Danach würde Blackboys verkauft werden, und er hätte keinen Grund mehr, Wolverhampton zu verlassen. Blackboys würde in andere Hände übergehen und keine weiteren Forderungen an Peregrinus Chase stellen. Seine Rolle als Erbe erschöpfte sich in diesem verrückten kleinen Zwischenspiel, an das er sich später einmal erinnern könnte. Seine wenigen Bekannten in Wolverhampton, mit denen er manchmal abends Billard oder Whist spielte, würden ihn spöttisch und ungläubig anstarren, falls die Geschichte jemals durchsickern sollte. Chase als Grundbesitzer! Als Landedelmann! Als Nachkomme einer weitläufigen Sippe!

In Wolverhampton war sein Vorname nicht bekannt. Er hatte immer darauf geachtet, seine Briefe diskret nur mit seinen Initialen zu unterzeichnen, sodass sie ihn, falls sie überhaupt darüber spekulieren sollten, wahrscheinlich für einen Percy hielten. Ein Freund hätte es herausgefunden. In unverbindlicher Freundlichkeit suchte Chase seinen Schutz. Er war ein zurückhaltender, schüchterner Mann, wie seine Anwälte richtig beobachtet hatten. Nutley kam diese Eigenschaft entgegen: Chase machte keine störenden Bemerkungen und ließ ihm freie Hand, die Dinge nach seinen Vorstellungen zu arrangieren. Ja, Nutley vergaß die Existenz von Chase mitunter völlig. Wirklich äußerst angenehm.

Chase hingegen fragte sich gelegentlich, wer ihm eigentlich am meisten missfiel: Farebrother mit seiner weichlichen Sentimentalität – oder Nutley, der so gerissen war und Blackboys partout zu einem erstklassigen

Preis unter den Hammer bringen wollte und dessen widerwilliger Respekt für die alte Miss Chase trotz allen Aufbegehrens gegen die Tyrannei, der sie ihn unterworfen hatte, so deutlich zu spüren war.

Chase stand da und betrachtete die Vase mit den Tulpen. Er hatte das Gefühl, alle Tage damit zuzubringen, irgendetwas anzuschauen und daraus eine stille Befriedigung zu ziehen, die er erst an diesem Ort kennengelernt hatte. Er dachte an Mr. Farebrother, der ihm geraten hatte, einmal die Runde zu machen und seine Pächter zu besuchen. »Die Leute erwarten das, wissen Sie«, hatte Farebrother gesagt und Chase über den Rand seiner Brille prüfend angeschaut. Chase hatte einen Moment lang Panik verspürt, bis ihm eingefallen war, dass durch seine Abreise am nächsten Morgen das Ganze sich auf ungewisse Zeit hinauszögern ließe. Trotzdem musste er ständig an Farebrothers Worte denken. Er hatte seine Pächter anlässlich der Beisetzung gesehen und verstohlen beobachtet. Es waren typische Farmer, große, kräftige Menschen, deren freundliche Art dem eher schmächtigen Chase den Schutz eines interessierten Wohlwollens bot. Sie hatten ihm gefallen; sie hatten ihm sogar ausgesprochen gut gefallen. Doch sie in ihren Häusern zu besuchen, in ihre Privatsphäre einzudringen – ausgerechnet er, der schreckliche Angst davor hatte, als Eindringling zu gelten –, das war eine völlig andere Sache.

Er selbst war gern allein. Er hatte eine aufrichtige Vorliebe für die Einsamkeit, genoss die Tage und vor allem die Abende in Blackboys, an denen er vor dem offenen Feuer saß und mit dem Schürhaken in dem großen Haufen weicher Asche herumstocherte. Die Asche wurde niemals weggetragen, und er liebte das dumpfe, undeutliche Geräusch, mit dem der Schürhaken in ihr versank. Diese Abende waren ihm teuer; teuer und neuartig, obgleich er manchmal das Gefühl hatte, sie seien schon immer Teil seines Lebens gewesen. Außerdem hatte er einen Gefährten, denn Thane, so nannte er den schlanken, rehbraunen Windhund, lag schlafend vor dem Kamin, die Nase auf die Pfoten gelegt.

Er verspürte eine seltsame Verwirrung, wenn er an seine Pächter dachte – eine kindliche Verwirrung, die jedoch nicht ohne Schrecken war. Sie ging auf den Tag zurück, an dem er, weil er nichts Besseres zu tun hatte, einige Papiere durchgesehen hatte, die bei Nutleys Besuch liegengeblieben waren. Beim Lesen hatte sich ihm angesichts uralter Rituale und Ausdrucksweisen die Würde seines Hauses in ihrer ganzen leinernen Steifheit enthüllt. Er hatte gelacht; er hatte es sich nicht verkneifen können. Aber er war beeindruckt und sogar ein wenig ehrfürchtig gewesen. Das Gewicht der Tradition schien plötzlich schwer auf seinen Schultern zu lasten, und er hatte die eigenen Hände betrachtet, in der Erwartung, geheimnisvolle, grobe Jahresringe zu sehen.

Das alles stand ihm persönlich zu, jede der altertümlichen Floskeln und die überlieferte Förmlichkeit! Er las noch einmal die nahezu unverständlichen Worte, auf die sein Blick zuerst gefallen war, blätterte dann weiter und las einzelne Abschnitte durch.

»Drei Gespanne gehören zum Landgut, außerdem 31 Hintersassen mit 14 Kätnern, die sollen von der Abgabe des Hauptfalls entbunden sein. Das Furchmaß misst 40 Viertelmorgen, das sind 40 Längen einer Ochsengerte von 166 Fuß, wobei die Rute über drei Joch Ochsen zu liegen kommt, auf dass der Pflüger mit der Spitze gegen die Flanke des Zugochsen stößt. Solch ein Streifen, vier Ruten breit, wird ein Acre genannt.«

»Der Eichenwald gibt 75 Schweinen Weide. Eine von sieben Eichelsauen bezahlen die Pächter jährlich für das Recht, die Schweine in der Waldbrache des Gutsherrn zur Weide zu führen.«

Wer oder was um alles in der Welt waren diese Eichelsauen, auf die er offenbar ein Anrecht hatte?

Er las weiter. »Welche Freiheiten an der eigenen Person und der Veräußerbarkeit des Pachtbesitzes ursprünglich jene genossen, die man freie Pächter nannte, ist unter den Theoretikern bis heute umstritten. In dem Statut *Quia Emptores Terrarum* wurden die freien Pächter als *liberi homines* geführt, konnten also von 1289 an ihr Land weiterverkaufen, ohne die Erlaubnis des Grundherrn einholen zu müssen, unter dem Vorbehalt, dass das Lehnsgut stets demselben Grundherrn zugehörte. Der Belehnte muss seinen Status als Belehnter anerkennen, und der Lehnsherr muss diesen Status bestätigen. Damit wird ein gemeinsames Rechtsverhältnis begründet. Der neue Pächter muss Lehnstreue schwören und sagen: ›Ich erkenne dich an als meinen Herrn.‹ Jede andere Form der Veräußerung ohne Anerkennung des Lehnsverhältnisses wird vom Grundherrn als ungültig erachtet.«

Chase legte die Papiere beiseite. Konnte so etwas denn in der heutigen Zeit noch Gültigkeit besitzen? Es musste sich um die Kopie einer alten Niederschrift handeln, die ihm zufällig in die Hände geraten war. Aber nein. Chase blätterte zurück; auf der ersten Seite fand er das Datum des vorangegangenen Jahres. Wenn seine Tante mit solchen Dingen zu tun gehabt hatte, könnten sie also auch auf ihn zukommen – ein schrecklicher Gedanke. Was sollte er mit einem Schwein anfangen, das am Parktor für ihn abgegeben wurde? Und was, um Himmels willen, sollte er tun, wenn einer der Farmer, die er bei der Beerdigung gesehen hatte, zu ihm sagte: »Ich erkenne dich an als meinen Herrn«?

Dann dachte er daran, dass er die Leute im Dorf eigentlich gar nicht als bedrohlich empfunden hatte. Er erinnerte sich an ein Gespräch, das er am Tag zuvor mit einem Mann und dessen Frau an deren Gartenzaun geführt hatte. Chase hatte sich weit über den Zaun gebeugt und die Blumen betrachtet. Zu beiden Seiten des mit Platten ausgelegten Pfades, der zur Tür des kleinen Häuschens führte, entfaltete sich eine wahre Blütenpracht aus Stiefmütterchen, Lupinen, Tulpen, Nachtviolen und hellrotem, zartem Mohn.

»Herrliche Blumen haben Sie hier!«, hatte Chase zögernd die Frau in der Schürze angesprochen, die dort im Garten saß und strickte.

»So sieht es den ganzen Sommer über bei uns aus«, gab sie zurück. »Mein Mann ist sehr stolz auf seinen Garten. Aber jetzt ist uns gekündigt worden.« Sie sprach mit einem ungewohnt breiten, undeutlichen Akzent, der Chase zu der Frage veranlasste:

»Sie stammen nicht aus dieser Gegend?«

»Nein, Sir, ich komme aus Sussex. Mein Dorf liegt gar nicht so weit von hier. Ich würde mit meinem Mann ja gern zurückgehen, aber er sagt, er ist in Kent geboren, und in Kent will er auch sterben.«

»Allerdings«, sagte der Mann, der inzwischen dazugekommen war. »Ich gehör' doch nicht zu denen, die die eigene Heimat verlassen! Das ist wie bei den Schafen. Bringen Sie mal ein Schaf in eine fremde Gegend. Das verkümmert richtig. Oxfordshire-Schafe gedeihen eben in Romney Marsh nicht, und Romney-Marsh-Schafe verkümmern in Oxfordshire.« Er stopfte Tabak in seine Pfeife und bückte sich, um einen Kreuzkraut-Sämling zwischen den Federnelken herauszuziehen. Er drückte das Unkraut zusammen und steckte es vorsichtig in die Tasche. »Ich habe den Garten hier angelegt«, sprach er weiter. »Abend für Abend habe ich den Humus auf meinem Rücken nach Hause getragen und die Kinder mit Kehrschaufeln und Eimern auf die Straßen geschickt, damit sie Pferdeäpfel sammeln. Bis gegen meinen Boden niemand mehr ankommen konnte, jedenfalls hier im Dorf nicht. Meine Blumen sind die allerschönsten. Aber jetzt sind wir gekündigt, und bevor ich sie einem Fremden überlasse, fahre ich mit dem Sauzahn eigenhändig durch jeden Wurzelstock.«

»Fünfundzwanzig Jahre lang wohnen wir jetzt schon hier in diesem Haus und haben zehn Kinder großgezogen«, sagte die Frau.

»Jetzt soll es abgerissen werden. Mr. Nutley hat gesagt, hier sollen Bauplätze entstehen«, fügte der Mann hinzu.

»Wir haben alles selbst tapeziert und verputzt«, sagte die Frau.

»Und ich habe die Platten verlegt, Sir, ich und mein ältester Junge.« Der Mann deutete mit dem Pfeifenstiel den Weg hinunter zum Haus. »Eine mörderische Arbeit. Es gab noch gar keinen Garten, als wir herkamen.«

»Vor fünfundzwanzig Jahren«, sagte die Frau.

Die beiden warfen Chase traurige Blicke zu.

»Auch mir hat man gekündigt«, sagte Chase ein wenig verlegen, als hätten sie ihm einen sanften Tadel erteilt, gegen den er sich mit diesem Witz verteidigen müsse.

»Das weiß ich, Sir. Es tut uns leid«, entgegnete der Mann sofort.

(Es tat ihnen leid. Sie sahen ihn zum ersten Mal, und trotzdem tat es ihnen leid.)

»Miss Chase, Ihre Tante, Sir, hat meinen Garten immer sehr bewundert«, sagte der Mann. »Sie hat jedes Mal angehalten, wenn sie mit der Kutsche vorbeigekommen ist, weil sie sich meine Blumen anschauen wollte. Sie hat gelacht und gesagt: ›Sie haben es schöner als ich, Jakes.‹ Nur die Pfingstrosen mochte sie nicht leiden. Ich hatte ein paar prächtige Pfingstrosen hier, aber sie hat dafür gesorgt, dass ich sie ausgrabe. Sie war wirklich ein Tyrann – entschuldigen Sie, wenn ich das in Ihrer Gegenwart sage, Sir. Aber sie hatte ein gutes Herz, deshalb hat es niemandem etwas ausgemacht. Aber Pfingstrosen, nein, Pfingstrosen, die hat sie nicht dulden wollen.«

»Es gibt wenige im Dorf, die sich vorstellen können, dass Blackboys nicht mehr der Familie Chase gehören soll«, sagte die Frau. »Und die armen Pfauen – lieber Gott!«

»Die Pfauen?«

»Die Leute sagen, die Pfauen werden sterben, wenn Blackboys nicht mehr den Chases gehört«, sagte der Mann. »Trotzdem, sie richten im Park ziemlich viel Schaden an.« Bei diesen Worten bückte er sich – er hatte zwischen seinen Federnelken ein weiteres Unkraut erspäht.

5

Diese Begegnung war für Chase eine wichtige Erfahrung gewesen, ein Meilenstein auf seinem Weg. Ähnliche Gefühle regten sich in ihm, als er zum ersten Mal seine Ländereien erforschte. Für ihn war es eine neue Welt – neu, weil sie so alt war –, uralt und einfach, mit den Gesetzen der Natur in Einklang. Hier herrschte ein Rhythmus, den keine Aufregung stören konnte. Die Jahreszeiten bestimmten den Ablauf des Lebens, und die Menschen passten sich dieser Ordnung, diesen ehernen Gesetzen, an; sie waren zugleich Herrscher und Untertanen dieses Landes, das ihnen diente und dem sie ebenso treue Dienste leisteten.

Chase erkannte seinen Irrtum, erkannte ihn überrascht und nicht ohne Ehrfurcht: Auch wenn die Gesetze unabänderlich waren, bedeutete dies nicht unbedingt Stagnation. Sie waren nicht willkürlich zustande gekommen, unterwarfen sich nicht den Launen der Menschheit. Nicht Stagnation erkannte er, sondern Stabilität. Und mit neuem Blick sah er, dass das Haus anmutig mit den Bäumen, den Wiesen und Hügeln verschmolz, nicht weniger an diesem Ort gewachsen als sie, ein Teil der Tradition, die von Menschen geschaffen war.

Er dachte auch an die Porträts in der langen Galerie. Sie waren für ihn nicht länger bedeutungslos; es waren die Bilder der Männer und Frauen, deren Blut in seinen Adern floß. Es waren das Land, die Farmen, die Scheunen, die eingesäten Felder und die Brachen, die ihn diese Weisheit lehrten. Er nahm sie langsam auf, ohne es zu wissen. Sie offenbarte sich ihm in der Gesellschaft von Menschen, die anders waren als alle Menschen, die er bislang gekannt hatte und die ihn behandelten, wie er noch nie zuvor behandelt worden war – nicht nur mit Respekt, was ihn allenfalls verwirrt hätte, sondern mit gütiger Freundlichkeit und gelassener Intimität, einer durch die Tradition gegebenen Vertrautheit. Für sie war er, der Versicherungsangestellte aus Wolverhampton, ganz einfach ein Chase von Blackboys. Das Lächeln, das sich in ihre Augen stahl, sobald sie ihn anschauten, nahm er als Liebkosung wahr.

6

Als Nutley, zwei Wochen nach der Beerdigung, wieder nach Blackboys kam, traf er zu seinem Erstaunen Chase mit Thane, dem Windhund, im Park an.

»Lieber Himmel«, sagte er, »ich dachte, Sie wären in Wolverhampton.«

»War ich auch. Aber dann dachte ich, ich könnte selbst mal nach dem Rechten schauen. Ich bin vor zwei Tagen gekommen.«

»Ich habe Fortune letzte Woche gesprochen, und er hat mir nichts davon gesagt, dass Sie kommen würden«, wunderte sich Mr. Nutley.

»Nun, das konnte er auch nicht. Er wusste es selbst nicht, bevor ich hier aufgekreuzt bin.«

»Was? Sie haben den Dienern nicht vorher Bescheid gesagt?«

»Nein.« Chase verspürte plötzlich Mr. Nutley gegenüber eine deutliche Antipathie. Und er war erleichtert darüber; er fühlte sich innerlich ruhiger und klarer, befreit von einem unbestimmten Unwohlsein. Nutley war ihm entschieden zu neugierig, zu herrschsüchtig. Blackboys gehörte ihm, und er konnte es besuchen, wann immer er wollte.

Jedenfalls zurzeit noch – einen weiteren Monat lang.

»Was, um Himmels willen, haben Sie da?«, fragte Nutley und schielte auf einen zusammengedrückten Strauß, den Chase in der Hand hielt.

»Schlachterjungen«, antwortete Chase.

»Es sind wilde Orchideen«, sagte Mr. Nutley, nachdem er sie ein wenig eingehender betrachtet hatte. »Warum nennen Sie sie Schlachterjungen?«

»Die Kinder nennen sie so«, murmelte Chase. »Ich kenne keinen anderen Namen für sie. Aber sie sind sowieso ziemlich hässlich.« Er warf sie fort.

»Ruhig, ruhig«, raunte Nutley sich selber zu und fasste sich an die Stirn, als er alleine weiterging.

Er näherte sich dem Haus. Eigenartig von Chase, so einfach zurückzukommen, ohne irgendjemandem ein Wort davon zu sagen. Was war mit seiner Arbeit in Wolverhampton? Er schien sich darüber jetzt sehr viel weniger Sorgen zu machen. Als ob er die ganze Sache hier nicht Nutley und Farebrother, seinen Anwälten, und den Maklern überlassen könnte und selbst nachsehen müsste, wie die Dinge liefen! Er wollte wohl herumspionieren. Ein merkwürdiger, raffinierter, schweigsamer Bursche, streicht im Park herum und pflückt wilde Orchideen. »Schlachterjungen« hatte er sie genannt. Welche Kinder hatten ihm diesen Namen beigebracht? Es hatte auch ein seltsamer Ausdruck in seinen Augen gelegen, als Nutley ihn im Park angesprochen hatte – als wäre er verärgert, weil man ihn gesehen hatte, am liebsten wäre er wohl in die entgegengesetzte Richtung davongeschlichen. Seltsam aber auch, dass er keine Anspielung auf den bevorstehenden Verkauf gemacht hatte. Er hätte zumindest fragen können, ob das Anwaltsbüro bereits private Anfragen bekommen hatte. Doch Nutley hatte bereits festgestellt, dass Chase an dem Verkauf kaum Interesse zeigte. Ein wenig zufriedenstellender Klient, abgesehen davon, dass er sich nie einmischte; es war unbefriedigend, niemals sicher zu sein, ob der Klient billigte, was man tat, oder nicht.

Mr. Nutleys Gereiztheit hatte jedoch noch einen anderen Grund: Er hegte den Verdacht, dass Chase mit irgendeiner Sache hinter dem Berg hielt. Der Anwalt hatte Blackboys schon immer wie eine reife Frucht betrachtet, die ihm eines Tages in den Schoß fallen würde, sobald die alte Miss Chase gestorben war – die starrköpfige, selbstherrliche, alte Phillida Chase. Um den Erben hatte er sich nie Gedanken gemacht. Es sah fast so aus, als erhebe Nutley selbst Anspruch – ein ungeduldiger Erbe, der dem begehrten Besitz feindlich und rachsüchtig gesonnen war.

Nutley erreichte das Haus, wo er, eine Hand bereits an dem Riegel des kleinen, hölzernen Tors, durch ein Vorhängeschloss am Eintreten gehindert wurde. Verblüfft rüttelte er an dem Riegel. Er hatte das Gefühl, das stille Haus habe sich hinter Tor und Wassergraben verschanzt, verspotte und lache ihn aus. Aber er rief sich zur Vernunft, zog an der Glocke neben dem Tor und wartete, bis Fortune herbeigeeilt kam.

»Was ist denn das nun wieder für eine Geschichte, Fortune?«, fragte Nutley scheinbar gut gelaunt und deutete auf das Vorhängeschloss.

»Das Vorhängeschloss, Sir? Das hängt dort auf Anordnung von Mr. Chase«, antwortete Fortune gelassen.

»Auf Anordnung von Mr. Chase?«, wiederholte Mr. Nutley. Er wollte seinen Ohren nicht trauen.

»Mr. Chase war sehr verärgert über die vielen Leute, die mit dem Auto herkamen und auf dem Grundstück herumliefen, Sir.«

»Aber es waren vielleicht mögliche Käufer darunter!« Mr. Nutleys Stimme überschlug sich fast.

»Ja, sie hatten alle die Papiere des Maklers dabei. Außer den Herrschaften, die gestern kamen. Die hat Mr. Chase wieder weggeschickt, Sir.«

»Wieder weggeschickt?«

»Ja, Sir. Sie kamen in einem großen Wagen. Mr. Chase hat selbst mit ihnen gesprochen, am geschlossenen Tor. Er hatte den Schlüssel in der Tasche. Nein, Sir, er hat das Tor nicht aufgeschlossen. Er sagte, wenn sie das Haus wirklich kaufen wollten, hätten sie bei der Auktion noch reichlich Gelegenheit dazu. Ja, Sir, die Herrschaften wirkten ziemlich aufgebracht. Sie sagten, sie wären eigens aus London gekommen. Sie sagten, sie wären davon ausgegangen, dass jemand, der ein Haus verkaufen möchte, sich glücklich schätzen würde, mögliche Interessenten herumzuführen, ob sie nun Papiere dabeihätten oder nicht, besonders bei einem so schlecht verkäuflichen Haus, das zwei Zugstunden von London entfernt läge und keine moderne Ausstattung habe. Mr. Chase war sehr kurz angebunden. ›Wenn Sie ein modernes Haus wollen‹, sagte er, ›dann ist Blackboys sowieso nicht das richtige für Sie.‹ Dann lüftete er den Hut, wünschte ihnen einen guten Abend und kam allein ins Haus zurück. Den Schlüssel hatte er noch in der Tasche. Und das Auto ist wieder abgefahren. Wirklich äußerst unverschämte Leute, Sir, das muss ich sagen!«

Fortune hatte seinen Bericht in einem Tonfall vorgebracht, in dem sich Respekt, Zurückhaltung und heimliche Freude mischten. Er war Mr. Nutley ins Haus gefolgt, bis zur getäfelten Bibliothek, wo die korallenfarbenen Tulpen sich leuchtend von der Nüchternheit der Bücher und des Eichenholzes abhoben. Mr. Nutley nahm sie wahr, weil es einfacher war, über eine Vase mit Blumen zu sprechen als über das unerklärliche Verhalten von Chase.

»Ja, Sir, sehr hübsch. Mr. Chase stellt sie immer dorthin«, sagte Fortune mit der Zufriedenheit eines Mannes, der eine Skizze mit dem letzten Federstrich versieht.

»Ich hätte nie gedacht, dass er sich in seinem Leben

auch nur eine einzige Blume anschauen würde«, nörgelte Nutley.

Er legte die Aktentasche auf den Tisch und wandte sich dem Butler zu.

»Ganz unter uns, Fortune, was Sie mir erzählen, überrascht mich sehr – über die Besucher, meine ich. Und das Vorhängeschloss. Hm, das Vorhängeschloss. Ich habe Mr. Chase immer für ein *stilles Wasser* gehalten; aber für *weich* halten Sie ihn nicht, oder?«

Fortune wusste, dass Nutley es genoss, solche Bemerkungen zu machen. Er erinnerte sich daran, wie er Chase am Vortag dabei überrascht hatte, als er neben der niedrigen Parkmauer hockte und die Blumen studierte. Mr. Nutley aber verschwieg er dieses Erlebnis.

»Es wäre doch nicht unnatürlich, Sir«, antwortete er, »wenn der anstehende Verkauf von Blackboys bei Mr. Chase gewisse Gefühle wachrufen würde?«

»Gefühle? Pah!«, versetzte Nutley. Er sagte noch einmal »Pah!«, um sich selbst Mut zu machen, denn er wusste, dass Fortune, sentimental und scharfsinnig zugleich, den Nagel auf den Kopf getroffen hatte. »Er hat Blackboys bis vor drei Wochen noch nie gesehen. Außerdem, was will er mit dem Haus anfangen, wenn er es nicht verkauft? Sagen Sie mir das mal! Das ist doch absurd!«

Er nahm verschiedene Papiere aus seiner schwarzen Aktentasche. Ihre steife, saubere Glätte gab ihm das beruhigende Gefühl, mit Dingen zu tun zu haben, mit denen er sich auskannte. Das war sein Metier. Hätte man ihn am Tag zuvor gefragt, hätte er gesagt, dass es auch das Metier von Mr. Chase sei. Jetzt war er sich nicht mehr so sicher.

»Sentimentalitäten!«, knurrte er. Sein härtestes Urteil.

Chase' Pfeife lag auf dem Tisch neben den Tulpen; Nutley nahm sie auf und betrachtete sie mit einer Mischung aus Vorwurf und Entrüstung. Stumm wog er sie in der Hand.

»Lächerlich!«, sagte er dann und knallte sie auf den Tisch, als könnte er auf diese Weise das Thema ein für allemal beenden.

»Die Leute hier in der Gegend mögen ihn sehr«, warf Fortune ein.

Nutley warf ihm einen scharfen Blick zu. Der Butler stand neben dem Tisch, ernst, grauhaarig, respektvoll.

»Wieso, hat er denn mit den Leuten gesprochen?«

»Sogar ziemlich oft, Sir. Jedenfalls mit den Pächtern, Herrlich, wie gut er sich mit ihnen versteht! Ich meine, für jemanden, der in der Stadt aufgewachsen ist. Ich persönlich halte nicht sehr viel von der Stadt. – Bleiben Sie zum Lunch, Sir?«

»Ja«, antwortete Mr. Nutley geistesabwesend. Er war zutiefst misstrauisch geworden.

7

Misstrauisch gegenüber Chase, obgleich er dieses Misstrauen nicht logisch hätte erklären können. An Chase' Verhalten während des Mittagessens war, selbst wenn man die strengen Maßstäbe des Anwalts anlegte, nichts auszusetzen. Kaum hatte Chase das Haus betreten, als er auch schon anfing, über Geschäftliches zu sprechen. Und doch fuhr Nutley fort, ihn aufmerksam zu beobachten, denn er sah in ihm einen Menschen, der hinter seinen vernünftigen Worten und höflichen Redensarten ein Geheimnis, einen Scherz verbarg – ein stilles, tiefvergrabenes Einverständnis. Dabei sprach er ruhig und bedächtig, blieb sogar mit einer gewissen Strenge bei seinem Thema – Ländereien, Pacht und Miete, Baugrundstücke und Grundstückspreise. Chase zeigte sich aufgeschlossen. Und doch, Nutley hätte schwören können, dass seine Bemerkungen einen ironischen Unterton hatten. Chase und Ironie? Bei diesem schmächtigen, reizbaren kleinen Mann? Heute allerdings nicht; heute war er nicht reizbar. Er war guter Laune. (Ironischerweise?) Spielte den Gastgeber, präsidierte am Kopf des großen Esstisches, während Nutley an seiner Seite saß. Sehr zuvorkommend, sehr spendabel mit dem Portwein.

Fühlte sich im Esszimmer offenbar wie zu Hause, befahl dem Hund, in der Ecke Platz zu nehmen; hatte in der Bibliothek seine Pfeifen und Tabakdosen verstreut. Wie lange war es her, dass Nutley ihn vor den glatten Stufen der Treppe gewarnt hatte?

Sie machten einen Spaziergang durch den Park, Chase mit Brotkrumen in der Tasche, um die Pfauen zu füttern. Als sie ihn erspähten, sprangen einige majestätisch von der Brüstung herunter und stolzierten auf ihn zu. Offenbar kannten sie die Sache mit dem Brot schon. »Sie haben sie also nicht umbringen lassen?«, fragte Nutley und beäugte die großen Vögel misstrauisch und missbilligend. Chase lachte und gab keine Antwort. Sie schlenderten den Mittelweg hinauf und gingen dann entlang der Staudenrabatten, die sich diesseits der Mauer hinzogen, wieder nach unten. Hier wuchsen Fliederbüsche, Glyzinien, ganze Tulpenteppiche, Schwertlilienbüsche.

Die ganze Zeit redete Chase über den Verkauf. Er zeigte auf das Haus, das in der Senke, am Fuß des sanft geneigten Abhangs lag. »Nicht schlecht, wenn man alte Häuser mag. Dreißigtausend für das Haus, sagten Sie doch, wenn ich mich nicht irre?« – »Warum zum Teufel«, wollte Nutley sagen, hielt sich jedoch rechtzeitig zurück, »vertreiben Sie dann Interessenten, die in großen Autos kommen?« Sie schlenderten den Hügel hinunter, und Chase brach einen Armvoll Zweige von einem üppig blühenden Fliederbusch.

Er schien es fast instinktiv zu tun – so als könnte er seine Finger nicht von den Blumen lassen, und betrachtete dann verlegen die Pracht, die er in seinen Armen hielt. Es schien, als hielte er seine Zunge geschickt im Zaum, während seine Gesten ihn unbemerkt verrieten. Er führte Nutley zum Eingang, wo der Wagen auf ihn wartete, und schloss das Tor mit dem Schlüssel auf, den er in der Tasche trug.

»Sie fahren morgen nach Wolverhampton zurück?«, fragte Mr. Nutley beim Abschied.

»Sie sagen es«, antwortete Chase. Lächelte er dabei verschmitzt? Oder hatte Nutley sich getäuscht?

»Ende nächster Woche werden alle Vorkehrungen getroffen sein«, sagte Nutley ernst.

»Wunderbar!«, erwiderte Chase.

Beim Wegfahren drehte sich Nutley noch einmal um. Chase lehnte am Torpfosten, verlegen den Flieder im Arm.

8

Chase fuhr nicht nach Wolverhampton zurück. Er wusste, es wäre seine Pflicht gewesen, an seinen Arbeitsplatz zurückzukehren, aber er blieb in Blackboys. Und nicht nur das: Er schickte weder einen Brief noch ein Telegramm, um seine fortdauernde Abwesenheit zu erklären. Er blieb einfach dort, wo er war, ohne Skrupel und zutiefst glücklich. Mit Gründen der Vernunft war sein Verhalten kaum zu erklären; noch vor wenigen Wochen wäre ein solches Verhalten auch in den kühnsten Träumen seiner Fantasie undenkbar gewesen. Er blieb einfach da und genoss die Frühsommertage, die sich bis in den Abend hinein die Klarheit des anbrechenden Morgens bewahrten. Wie ein Kind, das sich im Reich der Freude verirrt, war er vom Zauber der Sonne und der Schatten benommen. Stundenlang betrachtete er in närrischer Glückseligkeit das auf den Wiesen liegende Sonnenlicht und die tiefen Schatten, die mit der Unergründlichkeit der Wälder verschmolzen.

Morgens erwachte er meist schon früh, beugte sich aus dem geöffneten Fenster und überließ sich den Tautropfen, dem jungen, glitzernden Sonnenschein und den Vögeln. Welch ein Gezwitscher! Er konnte die Vogelstimmen nicht voneinander unterscheiden – nur der Ruf des Kuckucks, das Gurren der Ringeltaube und der entfernte Schrei eines Hahnes waren ihm vertraut. Die flaumigen, blau-gelben Meisen, die auf den Zweigen der Apfelbäume umherhüpften, erschienen ihm wunderschön, aber sie waren für ihn ohne Namen. Theoretisch hatte er immer schon gewusst, dass die Vögel singen, wenn der Tag anbricht; aber das Wunderbare war, dass sie nicht nur sangen, sondern dass er, Chase, aufwachte und da war, um sie zu hören. Niemand wusste, dass er wach lag, und scheu wie er war, genoss er seine Zurückgezogenheit. Niemand wusste, was er tat; niemand spionierte ihm nach; er war frei und unbeobachtet in einer erwachenden Welt. Nur die kleinen Tiere und Vögel regten sich. Er hörte das Rascheln einer Maus unter den toten Blättern. Zu dieser frühen Stunde waren noch nicht einmal die Farmer auf den Beinen. Chase und die Geschöpfe der Natur hatten die Welt für sich alleine. (Nutley trug einen schwarzen Mantel und schleppte eine glänzende, schwarze Aktentasche mit sich herum, aber Nutley wusste nichts von der Morgendämmerung.)

Chase zog sich an und verließ das Haus in der Begleitung von Thane völlig unbeobachtet, denn es war niemand da, der ihnen hätte begegnen können, während sie über die taunassen, glitzernden Felder wanderten. Inzwischen gab es keinen Blickwinkel mehr, aus dem er das Haus noch nicht betrachtet hatte, ob er nun vom

Gipfel des Hügels auf die verträumten Dächer hinuntersah oder die dicht zusammengedrängten, braunroten Gebäude von den umliegenden Weiden aus der Ferne betrachtete. Auch wenn keine noch so dünne Rauchsäule zu sehen war, Chase kannte jeden Kamin. Auch wenn keines der Fenster schimmerte, Chase konnte die Zimmer benennen, die sie erhellten. Jede kaum merkbare Veränderung des Lichts hatte er beobachtet: ob es am Morgen kühl und klar über die Dächer strich oder am Abend gesättigt und golden auf die rubinroten Backsteine, den bläulich-grünen Wassergraben und die Brüste der Pfauen sank. Das ätherische Morgenlicht war ein Geheimnis, das er in den unzugänglichen Tiefen seiner Seele fast vor sich selbst verbarg.

Im Mittelpunkt aller Bilder stand stets das Haus: Es thronte über den Farmen und nahm die Huldigung des Parks entgegen. Das Haus war das Herz aller Dinge. Der Rhythmus des vom Menschen bestellten Landes – die Saat reifte, die Frucht wurde geerntet – war unabänderlich, dauerhafter vielleicht und wichtiger. Doch wie eine Frau, kapriziös und dominant, blieb das Haus stets der Mittelpunkt. Haus und Land zu trennen, ja sie auch nur als getrennte Teile zu betrachten, war nicht weniger grausam, als dem Körper die Seele zu entreißen. Das Haus *war* die Seele. Das Land war England. Und wenn das Haus im Herzen des Landes war, dann musste die Seele des Hauses in diesem Herzen wurzeln. Einmal die

Seele des Hauses erfasst zu haben, bedeutete also, zur Seele Englands vorgedrungen zu sein. Ernst und sanft, von Traditionen, von Sagen geprägt, einfach und stolz, üppig und mütterlich. Keineswegs sensationell oder atemberaubend. Es gab nichts an dem Haus oder der Landschaft, das einen aufschrecken ließ; eher war es ein sanfter Charme, der den Betrachter lockte, wie ein verführerischer Pfad durch den Wald oder ein schmaler Weg über die Felder, deren Verlauf sich den Blicken entzieht und den unbesonnenen Wanderer tiefer und tiefer in den Schoß des Landes lockt.

Chase war vertraut mit dem scharfen Geruch des geschnittenen Grases und der Nässe des Taus, die sich um seine Knöchel legte. Er kannte das Sausen der Sensen, das Klirren der Schmiede, das Seufzen der Blasebälge, das Kreischen der Sägen, den harzigen Geruch der Sägespäne. Er kannte das Klopfen der Spechte, das verliebte, schläfrige Gurren der Tauben im Buchenhain. Er kannte das zufriedene Summen der Bienen, wenn sie sich auf einer Blüte niederließen, das scharfe Schnarren der Grashüpfer in den dichten Hecken, die die Wege säumten. Er kannte die Geräusche beim Melken, wenn die Milch satt in die Eimer strömte, kannte das träge Scharren der Kühe in ihren Ställen. Er kannte das Leuchten der Blütenblätter in der Sonne, ihre filigrane Durchsichtigkeit, die an die blassrosa Transparenz eines Frauenfingers über einer starken Lichtquelle erinnert. In seinen

Gedanken verbanden sich alle diese Bilder und feinen Geräusche, ihre immer wiederkehrende Melodie, mit den Mahlzeiten, die man für ihn bereitete, den Salaten und kalten Geflügelplatten, dem Cidre und dem Überfluss an frischen, einfachen Früchten – und schließlich schien es ihm so, als würden alle Sinne einzeln und im Einklang miteinander befriedigt, sowohl draußen im Freien als auch in der kühlen Dunkelheit des Hauses.

Wie gern klopfte er jetzt mit seinem Stock an die Tür eines Farmhauses, ließ sich mit einem »Oh, Mr. Chase!« von der lächelnden Frau die Türe öffnen und in einen Hausflur führen, der nach frischem Seifenwasser roch. Und von dort weiter in das hässliche, protzige, eigenartig bedeutungslose Wohnzimmer, das, wo er auch hinkam, die gleiche Ausstattung präsentierte: ein Klavier, einen türkisch gemusterten Teppich und eine Grünpflanze im vergoldeten Übertopf. Das Licht in diesen Zimmern empfand Chase immer als besonders gnadenlos. Aber er lernte, geduldig Platz zu nehmen und zu warten, bis der Farmer und die übrigen Mitglieder des Haushalts herbeigerufen worden waren. Und immer wurden Gläser und eine Karaffe mit Sherry aus dem Schrank hervorgeholt, gleichgültig wann Chase seinen Besuch machte, auch wenn es noch früh am Morgen war. Die traditionelle Gastfreundschaft ließ keine Ablehnung zu, auch wenn Chase nach seiner Wanderung über die taufrischen Felder manchmal lieber ein Glas Milch getrunken hätte als den brennenden Sherry. Er lernte still zu sitzen, an seinem Glas zu nippen und die Höflichkeiten der Farmersfrau und ihrer Töchter zu erwidern (Letztere immer kokett und um Modernität bemüht), während der Farmer sich damit begnügte, gelegentliche Fragen einzustreuen – »Noch ein Glas, Mr. Chase?« oder »Zigarre, Mr. Chase?« – und mit seinen Lederstiefeln zu knarren, wenn er quer durchs Zimmer schritt.

Wenn ihnen der Gesprächsstoff ausgegangen war, beteuerte Chase, den Farmer nicht länger von der Arbeit abhalten zu wollen. Er schüttelte den Damen freundlich die Hand, nahm seine Kappe und folgte seinem Gastgeber nach draußen auf den Hof, wo die Männer damit beschäftigt waren, das durchnässte Stroh aufzutürmen, und wo das träge Vieh, eines nach dem anderen, aus den Ställen taumelte, um sich unaufgefordert in die vertraute Richtung zu wenden. Hier konnte Chase sicher sein, nicht durch übertriebene Aufmerksamkeiten in Verlegenheit gebracht zu werden. Hier war der Farmer ein bedeutenderer Mann als er. Chase gefiel es, ihm schüchtern über den Hof zu folgen, und je weniger man sich um ihn kümmerte, desto lieber war es ihm. Später stapfte er mit dem Farmer gemeinsam über die Felder, schweigend, aber innerlich zufrieden, obwohl der Farmer, wenn er das Schweigen brach, stets irgendetwas zu beklagen hatte – sei es die unzureichende Ernte, den Mangel an Kaninchen oder den Überfluss an Maulwürfen. Oder er stieß einen Klumpen lehmiger Erde mit dem Fuß vor sich her und sagte: »Matschig, matschig! Das Land hat den vielen Regen vom Februar noch nicht vergessen.«

Durch solche Bemerkungen verlieh der Farmer dem Land eine Persönlichkeit, die greifbar und rachsüchtig war und Chase viel eindeutiger vorkam als die Persönlichkeiten der Bauern, die er vielleicht ihrer äußeren Erscheinung nach, nicht jedoch hinsichtlich ihrer Meinungen, Gedanken und Gesten auseinanderhalten konnte. Sie erschienen ihm eher als ein Teil der Natur, wirkten eher wie Bäume oder Stämme; auch wenn sie sprachen und sich bewegten; in seinen Augen besaßen sie dieselbe Geschlossenheit und Schwerfälligkeit, die auch der Landschaft eigen war.

Chase kannte einen alten Heckengärtner, der durch das Hacken, Stutzen und Wühlen zwischen den Gräben und am Rand der Straßen und Felder so knorrig und schwielig geworden war wie eine alte Wurzel. Man erkannte ihn erst, wenn man schon ganz in seiner Nähe war und sein kleiner, brauner Hund unter einer Hecke hervorgeschossen kam und heftig bellte.

Er kannte auch einen pausbäckigen alten Mann, einen Obsthändler, der über Land fuhr, mit einer langen Leiter hinten auf dem Karren. Dieser alte Mann kannte jede Plantage in der weiten Umgebung, egal ob Apfel, Kirsche, Zwetschge oder Damaszenerpflaume. Er konnte genau sagen, wie groß die Ernte auf jeder dieser Plantagen

Jahr für Jahr seit Menschengedenken gewesen war. Doch obgleich er mit den verschiedensten Früchten handelte, gehörte den Äpfeln seine besondere Leidenschaft, und er sprach immer sehr persönlich über sie: »Ah, die Winterrenette«, schwärmte er zum Beispiel, »die ist eine ausgezeichnete Trägerin!« Oder: »Cox Orange, der ist ein feiner Bursche!« Und für Chase, den er ganz besonders ins Herz geschlossen zu haben schien, holte er stets ein Prachtexemplar aus seiner Tasche hervor, obgleich, wie er nie vergaß zu betonen, »der Mai nicht der richtige Monat für Äpfel« sei. Mr. Chase solle erst einmal bis zum Herbst warten – er würde ihm zeigen, was ein guter Ribston oder Blenheim sei. »Aber im Herbst werde ich nicht mehr hier sein, Caleb«, entgegnete Chase dann. Der alte Mann wiegte bedächtig seinen Kopf, versetzte seinem Pony einen sanften Peitschenhieb und antwortete verschmitzt: »Bäume mit alten Wurzeln wirft man nicht so schnell um.« Und dieses Bild, auch wenn er es nicht ganz verstand, tröstete Chase irgendwie.

Von dieser Art waren seine auf Feldwegen und Wiesen geschlossenen Freundschaften. Er kannte den Mann, der die Korbweiden am Bach schnitt; er kannte die Arbeiter und die sechs großen, glänzenden Pferde, die die gefällten Bäume auf einem riesigen Wagen abtransportierten; er kannte die Jungen, die nach Teichhuhneiern suchten; er kannte den Angler, der stets irgendwo in der Nähe der Brücke auf der Lauer lag; er kannte die fröhliche Frau, die ein geistig zurückgebliebenes Kind hatte und einen Ehemann, der von den Bienen verflucht worden war. »Bienen? Nein, mein Mann darf ihnen nicht zu nahe kommen. Er hat zu viele davon zerdrückt, als er noch ein Junge war, und Bienen vergessen so etwas nie. Hat sie zerdrückt, einfach so, in der Hand. Aus Lust und Laune. Aber wenn ihn jetzt drei Bienen stechen würden, wäre er auf der Stelle tot. Mausetot, Mr. Chase, Sir. Wir sind mal in Sussex gewesen, an einem Feiertag, und die Bienen dort haben ihn sofort erkannt und waren alle hinter ihm her. Es ist schon erstaunlich, was die Tiere alles wissen. Und was die für ein Gedächtnis haben! Tiere vergessen nie.«

Und immer wurde auch von dem bevorstehenden Verkauf gesprochen, mit großem Bedauern, jedoch nie in aufdringlicher Weise oder im Zorn, sodass Chase' Stolz hätte verletzt werden können. Die Frauen drückten ihr Bedauern bereitwilliger aus als die Männer; sie zeigten unbesonnener ihr Mitleid, während die Männer hüstelnd von einem Bein aufs andere traten. Doch wenn sie dann später mit Chase unter vier Augen sprachen, machten sie sich das Vorrecht der Frauen, das Eis zu brechen, zunutze und kamen noch einmal auf das Thema zurück; und Chase, der gerne ein peinliches Gespräch vermieden hätte – peinlich insofern, als zurückhaltende Männer sich auf das Gebiet von Geheimnissen und persönlichen Gefühlen wagten –, reagierte darauf stets mit dem kläglichen Scherz, selbst von der Kündigung betroffen zu sein.

9

Als die Männer kamen und mit der Aufnahme des Inventars begannen, litt Chase Qualen. Sie erschienen mit Taschen, Büchern und Stiften, waren zielstrebig und tüchtig, und Chase flüchtete vor ihnen von Zimmer zu Zimmer. Schon bald sahen sie in ihm einen mürrischen Kauz. Sie wussten ja nicht, dass sie ein schweres Verbrechen begingen, indem sie seine geliebte Ruhe störten. Schließlich waren sie dort, um seine Befehle auszuführen. Der Vorarbeiter äußerte sogar offen seine Anerkennung. »Hübsche Sachen haben Sie hier, Sir«, sagte er zu Chase, als er zum ersten Mal fachmännisch seine Augen über die dunklen Samtstoffe und vergoldeten Möbel in der langen Galerie schweifen ließ. »Die werden unterm Hammer ein hübsches Sümmchen bringen.« Chase stand neben ihm, sah die Polster aus Samt und Damast, wie reife Früchte, schwer mit Fransen und Troddeln behangen, sah den Stuck der rautenförmig gemusterten Decke, die märchenhaften Landschaften der gewebten Teppiche – zurückgeworfen von den trüben Spiegeln der Wände. Auch in dieses Zimmer hatte er Blumen gestellt. Er hatte nicht gewusst, dass die Männer so zeitig kommen würden. »Hübsche Sachen haben Sie hier«, wiederholte der Vorarbeiter.

Chase erinnerte sich, wie oft er, als Vertreter der Versicherungsgesellschaft, einen flüchtigen, taxierenden Blick auf die Habseligkeiten anderer Menschen geworfen hatte.

Die Männer arbeiteten sich methodisch durch das ganze Haus. Erdgeschoss, Treppenhaus, oberer Flur, erster Stock. Alles wurde geprüft und mit kleinen Schildchen versehen. Chase wich ihrer herzlichen Mitteilsamkeit traurig aus. Er drückte sich im unteren Wohnzimmer herum, oder er setzte, wenn er auch dort vertrieben wurde, den Hut auf, um das Haus zu verlassen, das ihn mit einem wehmütigen Vorwurf umgab. Er wusste, es wäre am besten, nach Wolverhampton zurückzukehren, doch er verschob die Abreise von einem Tag auf den nächsten; er litt, doch er blieb und schaute ohnmächtig der Demütigung und Entweihung des Hauses zu.

Nach einer Weile gewöhnte er sich an, den Männern bei der Arbeit zuzusehen. »Wie viel mag dieses Ding wohl wert sein?«, fragte er dann und deutete geringschätzig mit dem Zeigefinger auf ein Bild, einen Stuhl oder eine Vitrine; und wenn sie es ihm mitteilten, drückte er seine Verwunderung darüber aus, dass jemand so dumm sein konnte, für einen unbrauchbaren, wurmzerfressenen oder wackligen Gegenstand derartig viel Geld auszugeben. Er stand da und sog verächtlich an seiner Pfeife, während die Männer prüften und registrierten. Von Zeit zu Zeit nahm er selbst etwas in die Hand, eine blaue Porzellanschüssel oder irgendeinen anderen Gegenstand, drehte ihn prüfend hin und her und stellte ihn achselzuckend wieder zurück auf den Fenstersims.

Blumen standen jetzt keine mehr in den Zimmern des Hauses, und auch seine Pfeifen und Tabakdosen ließ Chase nicht mehr herumliegen, sondern hielt sie in einer Schublade versteckt. Es hatte Plätze gegeben, die ihm lieb geworden waren; er hatte sich daran gewöhnt, seine Sachen dort hinzulegen und sie dort wieder vorzufinden, wenn er nach Hause kam. Von einem Tag auf den anderen untersagte er sich diese Schwäche. Es tat weh, und es war schwer für ihn. An den Abenden saß er einsam in einem der steif möblierten Zimmer und vermisste die Gesellschaft der vertrauten Gegenstände.

Auch Fortune gegenüber veränderte sich sein Verhalten; er schien Vergnügen darin zu finden, gefühllos, ja in barschem Ton über den bevorstehenden Verkauf zu sprechen. Aber der alte Diener durchschaute ihn.

Wenn jetzt Leute kamen, um das Haus zu besichtigen, führte Chase sie persönlich überall herum, beklagte den Mangel an Bequemlichkeit, machte Vorschläge, wie diese zu beheben seien, und pries die Vollkommenheit der Architektur. »In jedem einschlägigen Buch wird das Haus zitiert«, sagte er dann. »Es ist ein Musterbeispiel elisabethanischer Baukunst« (diesen Satz hatte er einer Zeitschrift für Architektur entnommen), »vollkommen in jedem Detail, bis hin zu den Fensterriegeln. Etwas Vergleichbares werden Sie in ganz England nicht noch einmal finden.« Die Leute, denen er diese Dinge sagte, musterten ihn neugierig. Er sprach zu ihnen mit schriller, eifriger Stimme. Sie mussten den Eindruck haben, dass er es mit dem Verkauf ziemlich eilig hatte. »Ganz schön abgebrüht«, sagten die einen, wenn sie wieder ins Auto stiegen. Und andere meinten: »Wahrscheinlich gehört er zu einem entfernten Zweig der Familie, das Haus scheint ihm jedenfalls völlig gleichgültig zu sein.«

10

Den Männern, die das Inventar erfasst hatten, folgten die Antiquitätenhändler. Zigarren, dicke Bäuche, karierte Westen, Siegelringe. Gierige, plumpe Hände, die Samtstoffe befingerten; feuchte Lippen, abschätzig verzogen, während die kleinen Augen lüstern glitzerten. Chase lernte sie gründlich kennen. Und doch brachte er es fertig, mit den Händlern zu scherzen und so zu tun, als sei er der ganzen, unerfreulichen Geschichte längst überdrüssig. Er gab sich verächtlich, wenn er über die Besitztümer sprach, mit denen der Zufall ihn belastet hatte. Er bestand darauf, dass sie für ihn lediglich einen materiellen Wert hätten. Und das Haus selbst – wenn er mit den Händlern sprach, zitierte er Nutley, was er jedoch bei den Leuten, die das Haus ›privat‹ besichtigten, unterließ – »hat kleine Zimmer, dunkle Flure, keine Badezimmer, kein elektrisches Licht«. Er sagte diese Dinge oft und laut und lachte dann, als hätte er eine besonders geistreiche Bemerkung gemacht. Die Händler stimmten höflich in sein Lachen ein, hielten ihn jedoch insgeheim für ein wenig verschroben und warfen ihm gelegentlich überraschte Blicke zu.

Die ganze Zeit über schickte er keinen einzigen Brief

nach Wolverhampton. Doch erhielt er einen Brief von seiner Versicherungsgesellschaft, einen auf der Maschine geschriebenen Brief, rücksichtsvoll und duldsam, adressiert an P. Chase, Esq ... (Im Allgemeinen wurde er als »unser Mr. Chase« bezeichnet; jetzt waren sie dem Peregrinus also auf die Spur gekommen). In diesem Brief wurde ihm, bei allem Verständnis dafür, dass wichtige Privatangelegenheiten ihn von seiner Arbeit abhielten, höflich nahegelegt, doch ein ungefähres Datum seiner Rückkehr zu nennen. Chase dachte kurz, dass sich die Versicherungsgesellschaft eigentlich sehr anständig verhielt, dann ließ er den Brief in den nächsten Papierkorb fallen.

11

Ihm war jedoch klar, dass er bald Abschied nehmen müsste. Er klammerte sich an jede Stunde, doch der Verkauf stand unmittelbar bevor. Rot-schwarze Plakate erschienen an den Häuserwänden, und noch größere, rötere und schwärzere Plakate kündeten von der Auktion »auf Anordnung von Peregrine Chase, Esq.«, auf der »eine einzigartige Sammlung von Antiquitäten, Möbeln, Wandteppichen, Bildern, kurz das gesamte bewegliche Inventar des Herrenhauses« zur Versteigerung kommen sollte. In allen Einzelheiten wurde dieses Inventar beschrieben. Ob auf Häuserwänden, an Torpfosten oder Bäumen – die seelenlosen Daten und die bombastischen Anpreisungen, mit denen der Auktionator fremden Leuten seine Besitztümer anpries, begegneten Chase auf allen seinen Spaziergängen.

Auch ein illustriertes Büchlein wurde herausgegeben. Nutley gab ihm ein Exemplar. »Eine einmalige herrschaftliche Residenz aus dem sechzehnten Jahrhundert«, »im Original erhaltene Täfelung und Stuckarbeit«, »ein Wassergraben und Nebengebäude im Tudorstil«, »ein altehrwürdiger Park« – Chase überflog nervös die bunten Seiten. Heftige Wut schnürte ihm die Kehle zu.

»Hübsch gemacht, finden Sie nicht?«, fragte Nutley selbstzufrieden.

Chase steckte das Büchlein ein und nahm es mit in die Galerie. Er mochte die Galerie, weil sie weitläufig, niedrig, abgeschieden und kunstvoll verziert war – friedlicher als alle anderen Räume dieses friedlichen Hauses. Als er an jenem Abend mit dem Büchlein in der Hand dort eingetreten war, blieb er eine Weile ohne jede Bewegung sitzen, bis die völlige Stille, die durch sein Eintreten gestört worden war, sich wieder über das Zimmer gesenkt hatte. Ein tiefgoldenes Gittermuster lag auf den Dielen, das letzte Sonnenlicht. Chase blätterte in den Seiten des Büchleins.

»Der Eichen-Salon: ein 20 mal 25 Fuß großer Raum, wertvolle, wunderbar erhaltene Vertäfelung im Fischgrätenmuster ...« War das seine Bibliothek? Er konnte es nicht glauben. So akkurat, so präzise? Aber der Raum lebte doch! Durch die Fenster erblickte man den Park, sah die Pfauen auf der niedrigen Brüstung, hörte sie schreien, wenn sie sich des Nachts auf die Zedern zurückzogen. In den Abendstunden krachten die Tannenzapfen im Kaminfeuer, das trockene Holz flammte auf, und im Zimmer schwebte ein sauberer, leicht beißender Rauch, der auch dann noch spürbar blieb, wenn am nächsten Tag die Fenster geöffnet wurden und die warme Luft ins Zimmer strömte. So viel wusste Chase über dieses Zimmer, auch wenn er nicht hätte sagen können, dass es zwanzig mal fünfundzwanzig Fuß groß war. Und er hätte auch nicht gewusst, dass die Vertäfelung, vor die er seine Vase mit korallenfarbenen Tulpen zu stellen pflegte, im »Fischgrätenmuster« angelegt war.

Er war ein unwissender Mensch. Je eher er nach Wolverhampton zurückkehren würde, umso besser.

Er blätterte weiter. »Die Große Treppe und das Wappenfenster (ca. 1584) mit den Wappen der Familien Chase, Dacre, Medlicott und Cullinbroke ...« Das Fenster, dessen Farbigkeit die Pfauen aufzufordern schien, ihr Rad vor ihm zu schlagen – wie sie es am Tag seiner Ankunft getan hatten. Aber warum hatten sie alles mit hochtrabenden Namen versehen? »Die Große Treppe« zum Beispiel; so wurde sie nie genannt, sie hieß einfach »die Treppe«. Außerdem war sie nicht besonders groß, nur breit, glatt poliert und bequem. Er nahm an, dass Nutley dafür verantwortlich war. Oder Farebrother? Der überfreundliche Farebrother. Vielleicht hatte er Chase' Gefühle besänftigen wollen, indem er sein Besitztum pries, an seine Eitelkeit appellierte?

Was für ein Narr er doch war; natürlich hatten weder Nutley noch Farebrother einen einzigen Gedanken an seine Empfindungen verschwendet. Sie kannten nur einen Zweck: das Haus zu verkaufen.

Er blätterte einige Seiten weiter. »Die Lange Galerie« – hier zumindest hatten sie nicht versucht, den Namen künstlich aufzubauschen – »ein äußerst großzügig gestalteter Raum, der sich über die gesamte Länge des oberen Stockwerks erstreckt, 100 Fuß lang und 30 Fuß breit, aufwendig verziert im italienischen Stil des sechzehnten Jahrhunderts, mit vertikal gegliederten Wappenfenstern, einem Kamin aus behauenem Marmor und einer reich verzierten Stuckdecke.« Chase hob den Blick und schaute sich um. Das Sonnenlicht war satter und leuchtender geworden; die Schatten in den Ecken hatten sich ausgebreitet, die Samtstühle verschmolzen mit den Wandteppichen, ihre Farben waren noch fruchtiger geworden, wie aufgebrochene Feigen, wie Pflaumen, wie reife Maulbeeren – eine üppige Schönheit; ein Füllhorn, das überquoll.

Chase bemerkte, dass Fortune neben ihm stand.

»Mr. Nutley hat mich gebeten, Ihnen mitzuteilen, Sir, dass er nicht länger warten konnte. Aber er wird morgen wiederkommen.«

Chase errötete – wie immer, wenn jemand ihn überraschte, besonders einer seiner Diener. Dann sah er in den Augen des alten Butlers Tränen. Der Mann ist so weichherzig wie eine alte Frau, dachte er ärgerlich.

»Haben Sie das Buch schon gesehen, Fortune?«, fragte er und streckte es ihm entgegen.

»Oh, Sir!«, rief der Butler aus und schaute beiseite.

»Nun, was ist denn? Was ist?«, fragte Chase in gereiztem Ton.

Er stand auf und ging hinaus in den Garten, aufgewühlt und zugleich besorgt über diesen Aufruhr in seiner Seele. Er schaute hinunter auf die Dächer und Schornsteine, sanft eingehüllt in einen Dunst aus blauem Rauch; sah die Schönheit, die ihm Frieden und Zufriedenheit gegeben hatte. Doch weit davon entfernt, einen Trost darin zu finden, fühlte er sich von neuen Qualen herausgefordert; ohnmächtig und rebellisch zugleich, verspürte er einen schwachen Zorn und eine halbherzige Auflehnung. Pläne, von denen ihm die praktische Vernunft sagte, dass sie entsetzlich sinnlos seien, schwirrten ihm durch den Kopf. Er würde Fortune die Anweisung geben, jedem die Tür vor der Nase zuzuschlagen, besonders aber Nutley. Er würde die Brücke über dem Wassergraben einreißen. Er würde sich schmollend ins Haus zurückziehen und niemanden hereinlassen: er und sein Haus, allein, verbündet gegen die Habgier. Fortune und die anderen Diener könnten ihn verlassen, wenn sie es wollten. Er selbst würde für sich kochen, er würde Staub wischen, ja, er würde es als Ehre empfinden, Staub zu wischen.

Und plötzlich ließ ihn der Kontrast zwischen den beiden Selbstbildern – das eine Mal mit einem Staubtuch in der Hand, das andere Mal mit einer Spitzhacke auf der Brücke über dem Wassergraben – laut auflachen. Es war ein bitteres, gequältes Lachen, wie es in der Zeit in Wolverhampton nie aus seiner Kehle gekommen war. Er wünschte, er wäre wieder dorthin zurückversetzt, in die gewissenhafte Plackerei, die ihm ausreichend Geld verschafft hatte, damit er sich eine anständige Unterkunft leisten konnte (ohne Himmelbett mit Brokat und Fransen, ohne federgeschmückten Baldachin, ohne diese mitsommerliche Anmut, die ihre Hände sanfter und fester um sein Herz legte, als eine Frau das je vermocht hätte, ohne diese alte Würde, die seinen Stolz anrührte). Er starrte hinunter auf die Dächer des Hauses, das geschützt in seiner Senke lag. Die Visionen, die an einem Wendepunkt seiner tristen Existenz über ihn hereinbrachen, kamen ihm vor wie ein schändlicher Verrat. Er war ärgerlich und doch nicht in der Lage, seinen Ärger aufrechtzuerhalten – eine zärtliche Empfindung ließ ihn weich werden, und die stumme Bitte seines Erbes, das sich, jeden theatralischen Effekt verachtend, auf seine schlichte Schönheit als die einzige Fürsprecherin verließ.

12

Mr. Nutley war sehr erleichtert, als er hörte, dass Chase nach Wolverhampton abgereist sei. Anfangs so leicht zu ignorieren, war Chase in letzter Zeit für ihn zum Störenfried geworden. Nicht, dass er Nutleys Anordnungen je kritisiert oder sich in seine Entscheidungen eingemischt hätte, doch Nutley hegte das unbestimmte Gefühl, dass Chase alles genau beobachtete und im Stillen kommentierte. Ja, auch wenn er vielleicht kein besonders sensibler Mensch war – denn dafür blieb ihm zu wenig Zeit –, hatte Nutley rasch gemerkt, dass Chase eine Beobachtungsgabe besaß, der kaum etwas entging. Es war zugleich rätselhaft und ärgerlich, dass Chase es trotz seiner Schweigsamkeit und Schüchternheit stets zuwege brachte, auf sich aufmerksam zu machen. Jeder in der Umgebung, der mehr als ein- oder zweimal mit ihm gesprochen hatte, empfand ihm gegenüber Zuneigung und Respekt. Vielleicht, tröstete sich Nutley, war dies der Tradition ebenso zu verdanken wie Chase' Persönlichkeit, und er gestattete sich einen kleinen Zornesausbruch gegen die Tradition, die er hasste, beneidete und verachtete.

Jetzt, wo Chase nach Wolverhampton zurückgekehrt war, trat Nutley forscher in Blackboys auf, klingelte energischer am Tor, stellte weitergehende Forderungen an Fortune und hetzte die Dienerschaft durchs Haus.

Als er das Haus zum ersten Mal in Abwesenheit seines Besitzers betrat, traf er im Flur den Hund. Thane streckte sich, als sei er gerade aufgewacht. Seine Nägel klapperten auf dem Holzfußboden, als er Nutley entgegenkam.

»Er vermisst seinen Herrn«, sagte Fortune mitfühlend.

Nutley dachte voller Unbehagen, dass das ganze Haus Chase zu vermissen schien. Überall waren seine Spuren zu sehen: Züge seiner Handschrift auf dem Löschpapier in der Bibliothek, in der Eingangshalle stand noch sein Spazierstock, und ein paar seiner Kleider lagen auf dem Bett verstreut in seinem Schlafzimmer.

»Ja, Mr. Chase hat einige Sachen zurückgelassen«, räumte Fortune auf Befragen ein.

»Wann glaubt er denn, dass er zurückkehren kann? Der Verkauf findet doch schon in der nächsten Woche statt«, murrte Nutley.

Es war fast Hochsommer; die Luft flimmerte vor Hitze, und der Park ging unter in einem Meer von Blumen und Schmetterlingen.

»Eigentlich schade, wenn man bedenkt, dass Mr. Chase das schöne Wetter verpasst«, bemerkte Fortune.

Nutley hegte für Fortune wenig Sympathie. Der Butler hatte ein Talent, irgendeine beiläufige Bemerkung zu machen, an der kein vernünftiger Mensch Anstoß nehmen konnte, die jedoch Nutleys Zorn erregte.

»Na ja, das schöne Wetter hat er ja auch da, wo er jetzt ist«, entgegnete er knapp.

»Ja, aber in der Stadt ist das nicht dasselbe. Wo er doch hier seinen eigenen Park hat und alles ...«, beharrte Fortune hartnäckig. Nutley zuckte mit den Schultern und begann, mit strenger Miene von dem bevorstehenden Verkauf zu reden.

Nachdem er Chase erst einmal aus seinen Gedanken verbannt hatte, war er wieder ganz in seinem Element. Er kam jetzt fast jeden Tag nach Blackboys, was völlig unnötig war, kümmerte sich persönlich um alle Einzelheiten, scharwenzelte um jeden möglichen Käufer herum, klatschte mit den Händlern, die jetzt in großen Scharen kamen, nahm gnädig die angebotenen Zigarren entgegen und sagte: »Na ja, es macht mir ja nichts aus, aber es ist auch nicht ganz einfach, wissen Sie, die ganze Verantwortung und so weiter.« Wenn es darum ging, Fetzen eines Verkaufsgespräches aufzuschnappen, besaß er die Habgier einer Elster. Die Händler hakten in ihren Katalogen den einen oder anderen Gegenstand ab, Männer in grünen Flanellschürzen schoben Möbelstücke hin und her, die Haustür stand von morgens bis abends allen Besuchern offen – aus alldem schöpfte Nutley tiefe Genugtuung. Und besonders stolz war er auf die stattliche Anzahl parkender Autos, die im Schatten der Bäume standen. In all dem Trubel rieb er sich vergnügt die Hände und lachte jedes Mal, wenn er wieder ein paar Reifen über den Kies knirschen hörte. Von Chase' lächerlichem kleinen Vorhängeschloss am Holztor war jetzt nichts mehr zu sehen! Hintertür und Vordertür standen offen, der Sommerwind wehte sanft durch alle Zimmer und trieb kleine Strohhalme durch die Eingangshalle. Und wer das Haus besichtigt hatte, konnte durch die Hintertür in den Park hinausgehen und den Mittelweg hinaufspazieren. Nutley, der an einem der oberen Fenster stand, dachte, alles wirke wie eine große Gartenparty, und er rechnete sich dies als ganz persönliches Verdienst an, strahlend vor Selbstgefälligkeit.

Eine Auktion auf dem Lande! Ein Ereignis, das in zwei Grafschaften für Gesprächsstoff sorgte und die feinsten Herrschaften aus London anlocken würde (Wertheimer, Durlacher, Duveen, Partridge – sie alle waren schon dagewesen und hatten sich Notizen gemacht). Solch eine Sammlung kam nicht oft unter den Hammer – nein, zum Donnerwetter, das tat sie nicht! Und Nutley, der zum fünfzigsten Mal den Namen »Nutley, Farebrother und Co., Grundstücksmakler und Anwälte« auf dem rotschwarzen Plakat am Eingangstor studierte, sonnte sich in der Vorstellung, wie sehr sein Name durch dieses Ereignis an Ruhm und Glanz gewinnen würde. Nicht, dass Farebrother oder gar Co. viel dabei hätten mitreden dürfen! Nein, er, Nutley, hatte das alles gemacht, es war *seine* Party, *sein* Juwel, das da unter den Hammer kam. Er hätte jedem, der seinen Anteil beansprucht hätte, den

Kopf abgerissen oder ihn zumindest mit vernichtenden Blicken gestraft.

Er fragte sich, wem das Haus wohl letzten Endes zufallen würde. Er hatte bereits mehrere Angebote erhalten, doch keines davon hatte die angestrebte Summe von dreißigtausend Pfund erreicht. Die Händler würden sich natürlich um die Möbel, Wandteppiche und Bilder reißen und sie anschließend an den neuen Eigentümer des Hauses mit riesigem Gewinn zurückverkaufen.

Nutley hatte einen Brasilianer als potenziellen Käufer ausgemacht; dieser war nicht nur persönlich in Nutleys Büro erschienen, um alle möglichen Einzelheiten zu erfragen, sondern hatte bei einem zweiten Besuch auch seine beiden Kinder mitgebracht, exotische Vögel, die dem ländlichen Anwaltsbüro einen ungewohnten Glanz verliehen hatten. Sie waren in einem weißen Rolls-Royce vorgefahren, der Nutley sofort missbilligenden Respekt abverlangte: Ein schwarzer Chauffeur saß hinter dem Steuer, die silberne Statuette einer Nymphe mit wallendem Haar zierte die Motorhaube, und ein Orchideenzweig steckte in einer mit Silber verzierten Kristallvase hinter der Windschutzscheibe.

Der Brasilianer selbst war ein unprätentiöser Rindermagnat mit flinken, abgehackten Gesten und einem faltigen Gesicht von der Farbe einer Kaffeebohne. Er mochte Dollars scheffeln, aber zu den protzigen Millionären gehörte er nicht; die Protzerei in der Familie besorgten seine Kinder. Sie waren Anfang zwanzig, verwöhnt und quengelig – Tyrannen ihres verwitweten Vaters, der jede ihrer Bemerkungen mit einem nachsichtigen Lächeln begleitete. Nutley, der in seinem ganzen Leben noch nie solchen Menschen begegnet war, konnte sich nicht entscheiden, wer ihm von den beiden Geschwistern am widerwärtigsten war.

Im Stillen war er jedoch tief beeindruckt. »Viel Schwung dabei«, dachte er, während er den Sohn betrachtete, den perlgrauen, bewundernswert taillierten Anzug, das schwarze, nach hinten gekämmte Haar, das glänzte wie die Flanken eines nassen Seehundes, die schmalen Hände mit den dicken Platinringen und den federnden Gang, in dem der synkopische Rhythmus der Plantagen pulsierte. Bei so viel unbekümmerter Jugendlichkeit überfiel den ärmlichen, kleinen Anwalt ein Schatten des Neids. Die Tochter, träger und auf subtilere Weise unverschämt, war so mollig, dass sie überall wie gepolstert wirkte: Ihre winzigen Hände hatten keine Knöchel, sondern nur Grübchen; alles an ihr war rund, von den Perlen an ihren Ringen bis zu den Kappen an ihren Schuhen.

Offenbar wollte der Vater dem Geschwisterpaar mit Blackboys ein weiteres Spielzeug überreichen. Die beiden zeigten sich davon so angetan, wie es ihr betont gelangweiltes Gebaren gerade noch zuließ, und Nutley vermutete, dass die Tochter nur einen ordentlichen

Schmollmund zu ziehen bräuchte, damit der Witwer sein Angebot von fünfundzwanzigtausend auf die erforderlichen dreißigtausend erhöhen würde. Bis jetzt war er hart geblieben – eine geschäftsmännische Konvention, die zu akzeptieren Nutley stillschweigend bereit war. Er hatte Chase von dem Besuch der Brasilianer erzählt, doch Chase (der Unergründliche) hatte nicht viel Interesse gezeigt. Seitdem hatte Nutley Bruder und Schwester mehrmals in Haus und Park spazierengehen sehen und dies als vielversprechendes Zeichen gewertet. Der Vater war nicht wiedergekommen, aber das bereitete Nutley wenig Sorgen: Es waren die dreisten Kinder, die in diesem Fall zählten.

13

Nun blieben nur noch zwei Tage. Chase hatte nach seinen Kleidern geschickt und seinem Brief an Fortune auch eine Nachricht für Nutley beigefügt: »Dringende Geschäfte« hielten ihn davon ab, nach Blackboys zurückzukehren; er wisse seine Angelegenheiten bei Nutley jedoch in den allerbesten Händen ... Höfliche Worte.

Nutley las das kurze Schreiben in der Galerie, die für die Auktion bereits leer geräumt worden war. (Ein genialer Einfall, dachte Nutley, die Auktion hier im Haus stattfinden zu lassen, die Möbel in einem Ambiente zu zeigen, das ihnen gemäß war, und nicht in der tristen Atmosphäre eines Auktionssaals. Die Händler, die den wahren Wert der Gegenstände kannten, würde das natürlich nicht beeindrucken können, doch bei den privaten Kunden, den Amateuren, die hinter den weniger wichtigen Dingen her waren, könnte es die Preise vielleicht sogar bis zu 25 Prozent in die Höhe treiben.)

Nutley war allein in der Galerie, denn es war noch vor zehn Uhr, und er fragte sich, nicht ohne Boshaftigkeit, was Chase wohl empfinden würde, wenn er den großen Raum so sehen könnte: die mit Filz bedeckten, aufgebockten Tische, das Pult und den hohen Stuhl des

Auktionators, die wie in einem Theater arrangierten Stuhlreihen; die wertvollsten Möbelstücke standen hinter einer Absperrung aus breiten Kordeln im hinteren Winkel des Raumes zusammengedrängt – wie Tiere, die ängstlich in einem Gatter auf ihren Schlächter warten.

Der kleine Anwalt erschrak manchmal über die boshaften Regungen, die der Gedanke an Chase in ihm hervorrief; er war auch jetzt erschrocken. Er schlug die Hand vor den Mund – um einen Ausruf zu unterdrücken oder ein Grinsen zu verbergen? – und schaute sich hastig um. Es war niemand da, nur der Hund, der still in einer Ecke saß und Nutley mit ernster Miene betrachtete, den Schwanz wie eine Rute um den Körper gelegt, so als wäre er gerade einem der Wandteppiche entsprungen. Der schlanke Hund witterte die bevorstehende Veränderung, war schon seit Tagen wie ein spukender Geist durchs Haus gestreunt. Nutley hatte sich angewöhnt, ihn gehässig anzuschnauben: »Dich werde ich als besondere Dreingabe zum Verkauf anbieten, Spindelbein.«

Auf dunkle Weise befriedigte es ihn, Chase zu kränken, indem er dessen Hund beleidigte.

Die ersten Besucher strömten ins Haus. Sie liefen umher, schauten sich einzelne Gegenstände an und blätterten in ihren Katalogen. Nutley, der sie verstohlen musterte und sich so befangen fühlte, als wäre er selbst der Eigentümer, unterschied genau zwischen den *bona-fide*-Käufern und denen, die aus reiner Neugier gekommen waren. (Auch Chase hatte bereits mit jener bemerkenswerten Mentalität zu tun gehabt, die jede Gelegenheit beim Schopfe ergreift, nur um in die Häuser anderer Menschen einzudringen, und zwar möglichst bis ins Schlafzimmer.)

Nutley hätte ebenso gut in sein Büro zurückkehren können, denn hier gab es jetzt für ihn nichts mehr zu tun, doch er verweilte mit der Selbstzufriedenheit eines Impresarios. Hätte er bloß am Eingangstor stehen können, um die Leute zu begrüßen, wenn sie aus ihren Wagen stiegen! Großspurige Begrüßungsfloskeln drängten sich auf seine Lippen, und in Gedanken breitete er weltmännisch die Arme aus. Keine Schrillheit in seinem Benehmen! Nichts von der Frostbeulen verursachenden Kälte, die ihn sonst von anderen Menschen entfernte! Purer Honig und Liebenswürdigkeit. »Hereinspaziert, hereinspaziert, Ladies und Gentlemen! Bei *meiner* Show muss niemand Eintritt bezahlen. Zwanzig Jahre lang musste ich warten, bis die alte Frau endlich gestorben ist. Als ich sie das erste Mal sah, war sie sechzig, aber sie war zäh, ist über achtzig Jahre alt geworden. Jetzt ist sie tot, jetzt liegt alles in *meinen* Händen. Treten Sie ein, treten Sie ein, Ladies und Gentlemen! Gehen Sie die Treppe hinauf, die Show wird in Kürze beginnen.«

Es war sehr warm. Wirklich ein außergewöhnlicher Sommer. Wenn das Wetter sich noch zwei Tage hielt, würde das die Zahl der Teilnehmer an der Auktion enorm in die Höhe treiben. Selbst aus London würden die Menschen nur so herbeiströmen (Nutley hatte die plötzliche Idee, für sie eine Sonderveranstaltung durchzuführen). Schon jetzt sah man Picknickgesellschaften unter den Bäumen neben den Wagen sitzen. Kein Wunder, dass sie froh waren, für einen Tag die brennendheißen Straßen gegen frisches Gras einzutauschen. Chase – Chase würde der Abfall, den sie hinterließen, nicht gefallen. Papierfetzen, Flaschen, Dosen. Er würde nichts sagen; er sagte nie etwas. Das war es ja gerade, was ihn so unergründlich machte. Aber er würde es sehen und vorwurfsvoll die Nase kräuseln. Aber Chase weilte in sicherer Entfernung, während unter den Bäumen gepicknickt wurde und Frauen in leichten Sommerkleidern durch den Park spazierten und mit ihren Sonnenschirmen auf sein Haus deuteten. Nutley sah sie vom Fenster aus. Zum ersten Mal in all den Jahren war die Brüstung des Mittelwegs frei von Pfauen; sie hatten sich empört in die Zedern zurückgezogen, und man konnte sie von dort aus schreien hören. Nutley erinnerte sich, wie Chase sie mit Brotresten gefüttert hatte. Er erinnerte sich auch an die alte Miss Chase, wie sie ihm mit dem Finger gedroht und gesagt hatte: »Ah, Nutley« (sie hatte ihn immer nur beim Nachnamen genannt, wie ein Mann), »Sie wollen einer alten, unverheirateten Frau die Kinder wegnehmen. Das ist sehr ungezogen von Ihnen!«

Aber die Chases waren passé, alle beide. Es blieben

keine anderen Chases zurück als die, die traurig aus ihren Bilderrahmen starrten. Man hatte sie mit den Gesichtern gegen die Wand gelehnt. Bald würde man sie in den Auktionssaal tragen.

14

Einundzwanzigster Juni. Auktionstag. Mittsommertag. Nutleys Tag. Er war früh zur Stelle. An der Tür traf er auf Colonel Stanforth, der durch den Park gekommen war und amüsiert den Regenschirm des Anwalts anstarrte.

»Angst, dass es regnen könnte, Nutley? Schauen Sie sich mal den blauen Himmel an. Kein Wölkchen zu sehen, noch nicht einmal eine Schönwetterwolke.«

Gemeinsam betraten sie das Haus, Stanforth rot und groß, Nutley merklich hager in dem schwarzen Mantel, in dem er wie in einem Futteral steckte. »Passt eigentlich eher zu einem Leichenbestatter«, kommentierte Stanforth stillschweigend. »Kommt Farebrother heute nicht?«, fragte er laut.

»Oh, doch, natürlich. Er schaut später herein«, antwortete Nutley. Sein Tonfall machte so deutlich wie möglich, dass es völlig gleichgültig war, ob sein Partner hereinschaute oder nicht.

»Nun, bis jetzt sind noch nicht allzu viele Leute da«, bemerkte Stanforth und rieb sich eifrig die Hände. »Wie steht's mit Ihren Brasilianern? Werden sie in Erscheinung treten? Chase ist, wie ich höre, noch in Wolverhampton?«

»Ja«, antwortete Nutley, »von *dem* werden wir nicht viel sehen.«

»Er braucht ja eigentlich auch nicht dabei zu sein. Aber es ist doch seltsam, dass er so wenig Interesse zeigt, finden Sie nicht? Vor allem, weil es so schien, als wäre er gern hier gewesen, und weil er mit all den Leuten in der Gegend so gut ausgekommen ist. Nicht, dass ich ihn viel zu Gesicht bekommen hätte, wenn er in Blackboys war. Ein besonders eifriger Nachbar war er nicht. Aber was die Leute alles von ihm erzählen! Bei Gott, es tut mir richtig leid, dass er sich nicht als Gutsherr bei uns niederlassen kann.«

»Wie Sie schon sagten, er braucht nicht dabei zu sein«, erwiderte Nutley frostig.

»Sie haben recht. Aber wenn ich an seiner Stelle gewesen wäre, ich hätte mich nicht zurückhalten können.«

Nutley ging nach oben. Er sagte, er müsse noch einige Vorkehrungen treffen. Im oberen Flur traf er Fortune in Begleitung von Thane, der verzagt hinter dem Butler herzockelte.

»Sorgen Sie dafür, dass der Hund eingesperrt wird, Fortune«, wies er den Diener zurecht.

Eine Atmosphäre der Spannung lag über allem. Der Beginn der Auktion war auf zwölf Uhr mittags angesetzt, weil der Zug aus London erst kurz nach elf eintreffen würde, doch schon beträchtliche Zeit vorher drängten die Teilnehmer aus der Umgebung herein. Es waren nicht wenige unter ihnen, die man bislang noch nie im Haus gesehen hatte. Sie hatten mit dem Land oder den Farmen zu tun: Farmer in Sonntagskleidern schlichen verlegen und auf Zehenspitzen über die polierten Dielen der Eingangshalle, während ihre Pferde vor den Einspännern ausgeschirrt und in den Stall geführt wurden. Auch die Familien des benachbarten Landadels waren vertreten, kamen im offenen Wagen oder mit der Kutsche. Nutley, der seine Augen und Ohren überall hatte, registrierte ihre Ankunft mit gemischten Gefühlen. Ihre Anwesenheit erhöhte zwar den Andrang bei der Auktion, doch stand schon jetzt für ihn fest, dass sie nichts kaufen würden. Sie kamen familienweise, drängten sich schüchtern und kichernd zusammen. Der Gutsherr und die Lady waren beide in Tweed gekleidet und unterschieden sich auch hinsichtlich ihrer Figur nicht sonderlich voneinander. Die Söhne waren groß und schlank und wirkten ein bisschen verschämt, die Töchter in leichten Musselinkleidern und mit großen Hüten überragten sie noch. Sie flüsterten miteinander in einem Ton, der halb versöhnlich, halb defensiv war, und warfen allen anderen misstrauische Blicke zu. Mitten unter ihnen erspähte Nutley den jungen Brasilianer, anmutig wie eine Antilope in einer Rinderherde. Als er ans Fenster trat, sah er auch den weißen Rolls-Royce lautlos zwischen den Kutschen manövrieren.

»Das ist ja ein richtiger Jahrmarkt«, hörte er Stanforths

Stimme. »Sie hätten noch ein Karussell und ein paar Ausstellerinnen engagieren sollen.«

Nutley entblößte seine Zähne mit einem nervösen, höflichen Grinsen. Er schaute auf die Uhr; jeden Moment müssten die Wagen aus London eintreffen. Auch der Zug dürfte inzwischen angekommen sein. Wer mit dem Zug kam, musste zu Fuß bis zum Haus laufen, aber es war nicht weit, quer durchs Dorf und die Allee hinauf. Er konnte bereits die Vorhut erspähen. Sie kam in Zweier- und Dreiergruppen. Und da war auch Farebrother, der alberne alte Farebrother mit seinem rosigen Gesicht, der großen Brille und den wolligen, weißen Locken unter der breiten Krempe. Nun hatte er die längste Zeit gewartet. Die Helfer des Auktionators waren bereits auf ihren Posten. Die meisten Stühle in der Galerie waren besetzt, nur die vorderen Reihen waren wahrscheinlich aus Gründen der Zurückhaltung noch leer geblieben. Der Auktionator, Mr. Webb, war ebenfalls eingetroffen und plauderte unbekümmert mit Colonel Stanforth über ein Thema, das mit der bevorstehenden Auktion in keinem Zusammenhang stand.

Die Farmen und umliegenden Ländereien sollten zuerst versteigert werden, dann kamen das Haus und das bewegliche Inventar an die Reihe, anschließend der Park und zuletzt die Baugrundstücke, die vom Park abgetrennt worden waren und die Nutley besonders am Herzen lagen. Eine umfangreiche Auktion – und wahrscheinlich eine ganz besonders aufregende. Nutley hoffte, dass es für das Haus mehrere Anbieter geben würde. Er wusste, dass verschiedene Makler ein Auge darauf geworfen hatten, setzte aber insgeheim auf den Brasilianer.

Andauernde Unruhe, ständige Bewegung und lebhafte Gespräche erfüllten die Galerie. Mehrmals traten Interessenten auf Nutley zu, um ihm flüsternd letzte Fragen zu stellen, und der eine oder andere der großen, bekannten Antiquitätenhändler nickte ihm freundlich zu. Fast alle hatten ihre Kataloge und Stifte vor sich liegen; einige lasen noch in Nutleys kleinem Buch. Der Brasilianer, der von seinem Anwalt begleitet wurde, nahm auf einem der vorderen Stühle Platz. Viertel vor zwölf. Der Park war leer, alle Besucher waren ins Haus gekommen. Fünf Minuten vor zwölf. Mr. Webb erklomm seinen hohen Stuhl, setzte die Brille auf und begann in den Papieren auf dem Pult zu blättern.

Nutley wurde eine Nachricht überbracht: Mr. Webb wäre ihm sehr verbunden, wenn er sich in seiner Nähe aufhielte, um eventuell auftretende Fragen zu klären. Nutley war nur allzu erfreut darüber. Strahlend nahm er hinter dem Stuhl des Auktionators Aufstellung. Von dort aus konnte er den Saal in seiner ganzen Länge überblicken. Volle Stuhlreihen. Erwartungsvolle Gesichter. Auch an der hinteren Wand und in den offenen Türen. Die Farmer in ihren Sonntagsschuhen. Die Landadligen. Die Antiquitätenhändler. Die Angestellten und kleinen

Leute. Die Männer in grünen Flanellschürzen. Eine solche Menschenmenge hatte die Galerie noch nie gesehen.

»Parzelle 1, Gentlemen ...«

Der Auktionator klopfte mit dem kleinen Elfenbeinhammer fest aufs Pult, und das Stimmengewirr im Raum verebbte; das Publikum räusperte sich und hob die Köpfe.

»Parzelle 1, Gentlemen. Drei kleine Häuser in der Nähe des Bahnhofs, dazu ein Morgen Land. Auf dem Plan ist die Parzelle grün eingezeichnet. Irgendwelche Gebote, Gentlemen? Wer macht das erste Gebot? Fünfhundert Guineen? Vierhundert? Kommen Sie, kommen Sie, meine Herren, ich bitte Sie«, mahnte er, »wir haben heute noch eine Menge vor. Ich bitte um Ihre geschätzte Kooperation.«

Zuschlag bei siebenhundertfünfzig Guineen. Nutley notierte die Summe in seinem Katalog. Webb war ein erstklassiger Auktionator: Er trieb die Leute an, er scherzte mit ihnen, er versetzte sie in gute Laune, er brachte sie zum Lachen, sodass ihre Brieftaschen sich öffneten und sie in das allgemeine Gelächter einstimmten. Er hatte ein lustiges, rundes Gesicht, zwinkerte vergnügt mit den Augen und trug eine Rose im Knopfloch. Fünfhundertfünfzig für die nächste Parzelle, zwei kleine Häuser – so weit, so gut.

»Jetzt, Gentlemen, kommen wir zu einer interessanteren Sache: das Farmhaus mit den Ländereien, die man

Orchards nennt. Ein herrliches Haus, und ein besonders gut gebrautes Bier gibt es dort, wie ich zufällig in Erfahrung gebracht habe – leider kann es nicht mit dem Haus erworben werden.« (Das Publikum lachte; ihm gefiel diese Art von Scherzen.) »Wie lauten Ihre Gebote, Gentlemen? Zweihundert Morgen bestes Weideland, das auch bebaubar wäre, zehn Morgen Wald und Unterholz, zwanzig Morgen mit erstklassigem Obstbaumbestand ...«

»Da haben Sie recht, Sir!«, rief Chase' Freund, der alte Obsthändler, aus der letzten Reihe, und das Publikum drehte sich lächelnd nach ihm um.

»Da hören Sie's. Eine größere Autorität hinsichtlich dieser Frage kann es in der ganzen Grafschaft nicht geben«, der Auktionator griff den Zwischenruf geschickt auf. »Ein hübsches, kleines Anwesen, wie man es sich nur wünschen kann. Ich hätte selbst schon Lust, ein Gebot abzugeben. Fünfzig Guineen. Ich biete fünfzig Guineen. Wer bietet mehr?«

Das Publikum lachte wieder. Mr. Webb genoss den Ruf eines Spaßvogels. Nutley erblickte Farebrothers Vollmondgesicht am hinteren Ende des Saales; sein Seniorpartner lächelte pflichtbewusst.

Der Pächter begann, für seine eigene Farm zu bieten; er war bei Nutley gewesen, um die Aufnahme einer Hypothek zu erörtern, Nutley kannte also seine finanzielle Situation. Die Stimme des Auktionators folgte monoton den steigenden Geboten. »Zweitausend Guineen ... zweitausendzweihundert ... kommen Sie, Gentlemen, wir vergeuden nur unsere Zeit ... zweitausendfünfhundert ...«

Zuschlag für den Farmer bei dreitausendfünfhundert. Ein kurzer Austausch von Blicken zwischen Nutley und dem Käufer. Der Preis war nicht gerade das, was Nutley sich erträumt hatte, aber sein Büro würde eine Prämie für die Hypothek bekommen.

Parzelle 4. Jakes' Häuschen. Nutley erinnerte sich, dass Chase einmal über den Garten von Jakes gesprochen hatte, und er erinnerte sich auch, dass Jakes mit seinen Blumen in der Gunst der alten Miss Chase ganz oben gestanden hatte. Sarkastisch vermutete er, dass die Schwäche für Jakes bei den Chases erblich sei. Seine bösartigen Regungen kehrten zurück, und diesmal schloss er Jakes mit ein: Der Mann machte sich doch lächerlich mit seinem Garten, trug (wie er überall herumprahlte) Erde und Blätterhumus meilenweit auf seinem Rücken nach Hause. Aber das würde jetzt ein für allemal vorbei sein, das Häuschen würde als Baugrundstück verkauft und abgerissen werden.

Er sah Jakes neben einem Fenster stehen, die Cordhosen wie immer mit einem Bindfaden unter den Knien zusammengebunden. Er sah schrecklich verlegen aus und schluckte hart, wobei sich sein Adamsapfel sichtbar bewegte. Er stand da und drehte verlegen den Hut in den Händen. Nutley beobachtete ihn höhnisch und fragte sich, ob der Bursche wohl gleich eine Rede halten wolle.

Ein Gebot würde er auf keinen Fall abgeben, da war Nutley sicher. Ein Landarbeiter, der höchstens vierzig Schilling in der Woche verdiente!

Mit diesen faszinierenden, amüsanten Gedanken war Nutley beschäftigt, als an der Tür eine gewisse Unruhe entstand, die seine Aufmerksamkeit von Jakes ablenkte. Er reckte den Hals, um zu sehen, wer der Nachzügler war, und erkannte Chase.

15

Chase betrat hastig den Saal und wandte sich fragend an einen Mann, der in der Nähe des Eingangs stand. Er sah verhärmt und krank aus, aber die Antwort, die er bekam, schien eine beruhigende Wirkung auf ihn zu haben. Er glitt stumm auf den Stuhl, der ihm angeboten wurde. Einige Leute erkannten ihn und stießen ihre Nachbarn an, um auf Chase aufmerksam zu machen. Ungläubig und empört schaute Nutley zu ihm hinüber. Diese Unberechenbarkeit war wieder einmal typisch! Warum hatte er sich die Mühe gemacht und geschrieben, dass er durch dringende Geschäfte verhindert sei, wo er im Grunde vorgehabt hatte zu kommen? Unberechenbar. Nun ja, mochte Chase es ruhig genießen, dem Verkauf seines eigenen Hauses beizuwohnen. Nutley wünschte ihm mit einem wütenden Achselzucken viel Vergnügen dabei.

In der Zwischenzeit hatte Mr. Webb mit scharfer Stimme Jakes' Haus angepriesen. »Nutzen Sie es entweder als Baugrundstück oder als Café, Gentlemen. Ich brauche Ihnen die vielen Vorteile dieses Grundstücks wohl nicht aufzuzählen, da es sowohl inmitten eines idyllischen Dorfes als auch an einer wichtigen Fernstraße liegt. Der Garten ist nur ein Viertelmorgen groß, aber Sie haben ihn heute auf dem Weg vom Bahnhof gesehen: ein Garten wie aus dem Bilderbuch. Wie lauten Ihre Gebote? Kommen Sie! Wir sind entschlossen, diese Parzelle sehr preisgünstig abzugeben, weil das Haus reparaturbedürftig ist. Sie haben also eine echte Chance.«

»Einhundert Guineen«, rief ein dicker Mann, der Nutley als Inhaber eines Hotels in Eastbourne bekannt war.

»Und fünfzig«, sagte Jakes mit zitternder Stimme.

Nutley unterdrückte mühsam ein Lachen.

»Und fünfundsiebzig«, sagte der Dicke, nachdem er Jakes von oben bis unten gemustert hatte.

»Zweihundert«, sagte Jakes.

Chase war auf seinem Stuhl ganz nach vorn gerückt, rang die Hände und hielt die Augen fest auf Jakes geheftet. Der Mann versuchte also, seinen Garten zu retten! Seine geliebten Blumen, durch deren Wurzeln er eher einen Sauzahn ziehen wollte, als sie einem Fremden zu überlassen. Wo wollte er das Geld hernehmen, der arme Narr? Der Dicke war aus rein materiellen Erwägungen hinter dem Grundstück her. Was hatte der Auktionator vorgeschlagen – ein Café? Das war es, ohne Zweifel, ein Café! Ein gemaltes Schild, das die vorbeifahrenden Autofahrer anlockte; kleine Metalltische im Garten, bunte Lichterketten an lauen Sommerabenden.

Jakes ließ sich von dem Dicken auf zweihundertfünfzig Guineen hochtreiben, ehe er zu zögern begann.

Irgendwo in der Nähe von zweihundertfünfzig lag wohl die Grenze seiner heimlichen, unergründlichen finanziellen Vorbereitungen, vermutete Chase. Was für Pläne hatte der arme Kerl vor der Auktion gemacht? Pläne voller Pathos, um mit denen in Wettstreit zu treten, die für sein Haus und seinen Garten schon eine gänzlich andere Verwendung gefunden hatten? Sicherlich nicht besonders kluge, realisierbare Pläne? Sie waren bei zweihundertfünfundsiebzig angekommen. Jakes war verzweifelt; und allen dreien – dem verächtlichen Nutley, dem mitfühlenden Chase, dem unparteiischen Auktionator – war völlig klar, dass weder sein Gewissen noch sein gesunder Menschenverstand ihm raten konnten, noch einen Schritt weiterzugehen.

»Zweihundertfünfundsiebzig Guineen sind geboten«, verkündete die Stimme des Auktionators.

»Zweihundertfünfundsiebzig Guineen« – Pause – »zum ersten, zum zweiten ...«

»Dreihundert«, platzte Jakes heraus. Auf seiner Stirn stand kalter Schweiß.

»Und zehn«, sagte der Dicke unbarmherzig.

Jakes schüttelte den Kopf, als der Auktionator ihn fragend ansah.

»Dreihundertzehn Guineen sind geboten«, sagte der Auktionator. »Dreihundertzehn Guineen.« Seine Stimme hob und senkte sich. »Nicht mehr? Ein bisschen mehr, Sir, kommen Sie!«, wollte er Jakes überzeugen, doch der schüttelte nur den Kopf. »Parzelle 4, Gentlemen, für die Summe von dreihundertzehn Guineen – zum ersten, zum zweiten, zum dritten!« Der Hammer schlug hart auf das Holz, und Mr. Webb beugte sich über sein Pult, um den Namen und die Adresse des Käufers aufzunehmen.

Jakes taumelte dem Ausgang zu. Auf seinem Gesicht stand der Ausdruck tiefer Scham. In der einzigen kühnen Handlung seines Lebens hatte er vor allen Menschen jämmerlich versagt. Für ihn war Parzelle 4 das schönste Stück Land gewesen, das sich ein Mensch nur vorstellen konnte. Für ihn war die Versteigerung von Parzelle 4 kein Zwischenspiel, sondern der Höhepunkt der Auktion gewesen. Chase sah ihn hinausschleichen, gedemütigt. Es würde mehrere Stunden dauern, bis er genug Kraft gesammelt hätte, um mit dem Sauzahn durch seine Blumen zu fahren.

»Parzelle 5 ...« Erbarmungslos ging es weiter, wie in den römischen Zirkusspielen nach dem Rückzug des geschlagenen Gladiators. Streut Sand auf das Blut, wir machen weiter! Chase saß da, lauschte stumm der Stimme des Auktionators und dem scharfen, metallenen Klopfen des Hammers; beides dröhnte in seinem Kopf, der zu platzen drohte.

Es war verrückt, dass er überhaupt gekommen war, sich diesem Schmerz aussetzen wollte – er war verrückter als der arme Jakes, der zumindest eine gewisse Hoffnung mitgebracht hatte. Was hatte ihn hergeführt? Sein

Körper fühlte sich seltsam leicht an. Er wusste nur noch, dass er morgens um sechs aus seinem Zimmer geschlichen war und auf wunderbare Weise den Weg zum Bahnhof gefunden hatte. Sein Körper hatte die notwendigen Bewegungen für ihn ausgeführt, während sein Geist gar nicht bei ihm, sondern nur auf das ferne Objekt gerichtet war, zu dem er getragen wurde. Sein Haus – was hatten sie im Verlauf dieser traurigen Woche, die er in Wolverhampton verbracht hatte, mit seinem Haus gemacht? Welche Schändlichkeiten hatten sie begangen? Während er im Zug saß, konnte sein Geist nur einen einzigen Gedanken fassen – Blackboys.

Er hatte sich ängstlich gefragt, ob er das Haus überhaupt dort wiederfinden würde, wo er es verlassen hatte, in der Senke unter den Bäumen, oder ob er alles nur geträumt hatte, einem Zauber erlegen war. Ob das Leben in Wolverhampton – sein Büro, seine Geschäftsbücher, seine Angestellten, seine möblierte Unterkunft – nicht die einzige Realität darstellte? Und doch hatte sein Körper, ein intelligenter Diener, alle Schwierigkeiten dieser Reise überwunden und ihn zum vertrauten Bahnhof gebracht – ein Wunder.

Als er den Zaundurchgang an der Biegung des Fußwegs passierte – er hatte vom Bahnhof aus die Abkürzung über die Felder genommen –, sah er das Haus. Er hatte seinen Atem in der Kehle schluchzen hören und nur mit Mühe den plötzlichen Impuls unterdrücken können, beide Hände auszustrecken ... Mit seinem Eifer hatten sich seine Schritte beschleunigt. Das Haus war noch da, wenn auch nicht so, wie er es kannte. Nicht schläfrig. Nicht abgeschieden. Kutschen und Autos unter den Bäumen, Pferdeknechte und Chauffeure schlenderten herum, starrten ihn müßig an. Das Haus entschleiert, prostituiert; ja, es war, als sähe er seine Geliebte auf einem Sklavenmarkt feilgeboten.

Hastig hatte er seine Schritte zur Eingangshalle gelenkt, wo eine Handvoll faulenzender Männer ihn mit unverschämten Fragen bombardierten. Die gegenüberliegende Tür zum Park war offen gewesen, und er konnte direkt hineinsehen; verwirrt registrierte er das Fehlen der Pfauen auf der Mauerbrüstung. Dann hatten ihn die vertrauten Dimensionen des Hauses umschlossen. Wolverhampton war in der Ferne versunken. *Dies* war sein Zuhause; *dies* war die Realität.

Er war die Treppe hinaufgestiegen und hatte zornig gesehen, dass man die Bilder von ihren Plätzen heruntergeholt und, mit Nummern und Schildern versehen, gegen die Wand des oberen Flurs gelehnt hatte. Er kochte vor Wut über diese Einmischung in seine persönlichen Angelegenheiten. Dann war er in die Galerie getreten, krank und blind, geblendet von dem Anblick, der ihn dort erwartete, als wäre er plötzlich in ein starkes Licht getreten. Er hatte sich sofort vergewissert, dass man noch nicht beim Verkauf des Hauses angekommen war.

Es war immer noch *sein* Haus. Er hatte sich auf einen Stuhl fallen lassen und Jakes' Vernichtung beigewohnt.

Die Fenster standen weit offen, Bienen summten herein und flogen wieder hinaus, die Wipfel des Waldes waren zu sehen, riesige grüne Kissen, darüber der wolkenlose Himmel. Mittsommertag. Aber wo war die liebliche Harmonie von Haus und Park, die ihn sonst in den Mußestunden eines solchen Tages empfangen hatte? Ausgetrieben von Staub und fremden Menschen, die lange Galerie durch Stuhlreihen verschandelt, ihrer eigenen sanftgeschwungenen Möbel beraubt, die Stille durch schrille Stimmen vertrieben – die Entweihung des Heiligtums.

Chase saß da, die Hände verkrampft im Schoß gefaltet. Ungefähr zwanzig Leute im Saal kannten ihn vom Sehen. Für die Fremden war er ein Zuschauer, für die, die ihn kannten, ein Eigentümer, der auf einen guten Verkaufspreis hoffte. Sie wussten, dass er arm war: Die Zäune waren von Flechten bedeckt und an vielen Stellen zerbrochen, die Straße zum Haus war mit Unkraut überwachsen. Arm – zum Verkauf gezwungen. Trotz aller Schönheit verriet das Haus seine Armut. Nur seine Pächter sahen wohlhabend aus. (Diesen Farmern muss es besser ergangen sein, als sie je zugeben mochten, denn gerade erstand wieder einer von ihnen das Haus und das Land, das er gepachtet hatte, zu einem stattlichen Preis.)

Allmählich beruhigten sich Chase' überreizte Sinne.

Aufmerksam verfolgte er die Auktion, verspürte jedoch immer wieder den gleichen, unerträglichen Schmerz; in die Wärme seiner wohlgehüteten Erinnerungen drangen schrill die Worte des Auktionators: « ... zehn Morgen Brachland, bekannt als Zehn-Morgen-Feld, dazu ein Stück Wald mit gut gewachsenem Holz im Wert von zweihundertfünfzig Pfund ...«

Chase kannte den Wald. Er war frei von Unterholz, und die nackten Baumstämme ragten wie Säulen aus einem Meer blauer Glockenblumen empor: gut gewachsenes Holz im Wert von zweihundertfünfzig Pfund. Bei seinen Wanderungen im Zehn-Morgen-Feld hatte er so manches Kaninchen aufgeschreckt, das mit wippendem, weißem Schwanz im Wald verschwunden war, hatte die trägen Fasane zur flatternden Flucht angetrieben.

Zuschlag für den Farmer, der soeben seine eigene Farm ersteigert hatte.

Chase hatte nichts dagegen, dass die Äcker und Wälder an die Farmer gingen. Wenn er sie nicht haben sollte, dann war es ihm am liebsten, sie gingen an die Bauern, die sie bearbeiteten und sich auf sie verstanden. Aber das Haus – das war der springende Punkt, die große Pein. Nutley hatte von einem Brasilianer gesprochen (auch die beiläufigsten Bemerkungen von Nutley, das Haus und die möglichen Käufer betreffend, hatten sich unauslöschlich in Chase' Gedächtnis eingeprägt). Zum ersten Mal, seit er den Raum betreten hatte, schaute Chase sich um. Er entdeckte Nutley hinter dem hohen Stuhl des Auktionators. Dann sah er den jungen Mann, ohne Frage war dies Nutleys Brasilianer, und alle Befürchtungen, die sich bis dahin noch hatten zurückdrängen lassen, schlugen beim Anblick dieses fremdartigen, sorglosen Gesichts über ihm zusammen.

Der neue Eigentümer, lässig, anmutig, ohne Ungeduld, so beleidigend gelassen! Kühl wie ein Eisblock schien dieser junge Mann, und daran gewöhnt, das Leben immerzu liebenswert zu finden. Chase wollte aufstehen, wollte den Saal verlassen, dieser Tortur entgehen, die seine Seele zutiefst verwirrte, aber seine Schüchternheit hielt ihn zurück: Er wollte vor so vielen Leuten kein Aufsehen erregen. Wütend über die eigene Schwäche, die ihn lähmte und davon abhielt, sich selbst zu retten, solange noch Zeit dazu war, fügte er sich machtlos, blieb sitzen und versuchte, die Verzweiflung zu ertragen, die den bisher empfundenen Kummer auf das Niveau bloßen Unbehagens herabsinken ließ. Jetzt sehnte er sich sogar nach jenen Stunden, die ihm damals schlimm genug erschienen waren: die Stunden, die er in Gesellschaft der Antiquitätenhändler verbracht hatte; die Stunden, in denen sie sein Eigentum in Augenschein nahmen und er sich klägliche Scherze abrang. Damals hatte er wenigstens gewusst, dass sie wieder gehen, dass er allein in seinem Haus zurückbleiben würde, begrüßt von dem Hund, der, ebenso erfreut wie Chase, seinen Schwanz aufgeregt gegen die Möbelbeine schlug. Oder jene Stunden, in denen er, hier in dieser Galerie (wie anders hatte sie damals noch ausgesehen!), in Nutleys widerwärtigem Büchlein geblättert hatte. Jene Stunden erschienen ihm jetzt wahrhaft paradiesisch – damals hatte er nur von dem Kelch der Bitterkeit gekostet, den er jetzt bis zur Neige austrinken musste.

Gott, wie schnell sie die einzelnen Parzellen abhakten! Inzwischen waren sie schon bei Parzelle 14 angekommen. Parzelle 16 war das Haus. Konnte eine menschliche Seele denn solchem Druck standhalten? Musste sie nicht wie eine zertretene Muschel vergehen? Was sollte er tun, wenn Parzelle 16 aufgerufen wurde? Wenn der Auktionator mit »Und jetzt, Gentlemen …« begann? Wie sollte er sich verhalten?

Es war nicht mehr nur Schüchternheit, die ihn ausharren ließ, sondern Faszination und körperliche Erregung, die ihn schwitzen und glühen ließ, obgleich er vor Kälte zitterte. So war es wohl, wenn man Angst hatte, und aus tiefstem Herzen bedauerte Chase alle ängstlichen Menschen. Er merkte, dass mehrere Leute ihn anschauten, unter anderem Nutley, und er dachte, er müsse den Verstand verlieren, denn es kam ihm so vor, als wäre Nutleys Gesicht gelb und spitz und grinste ihn voll schielender Bosheit an, ein versteckter Hohn, vollkommen fantastisch, ganz dicht vor seinen Augen, obwohl Nutley in Wirklichkeit am anderen Ende des Raumes stand.

Chase fasste sich an die Stirn, und einige Leute um ihn herum wandten sich ihm besorgt zu, als befürchteten sie, er würde jeden Augenblick in Ohnmacht fallen. Er wehrte sie mit einer vagen Geste ab und hörte in diesem Augenblick den Auktionator sagen: »Parzelle 16, Gentlemen ...«

16

Es entstand ein allgemeiner Aufruhr im Saal, Stühle wurden gerückt, Beine übereinandergeschlagen. Mr. Webb räusperte sich, während er den Katalog zur Seite legte und stattdessen zu dem ausführlicheren Büchlein griff und es auf dem Pult aufschlug. Mit ruhiger Hand glättete er die Seiten. Dann richtete er sich auf, nahm die Brille ab, schlug damit leicht gegen das Papier und ließ seine Blicke über das Publikum schweifen.

»Wie Sie wissen, Ladies und Gentlemen – oder wie Sie in dem Buch, das Sie alle in Händen halten, gelesen haben, falls Sie es nicht schon vorher wussten –, stellt Blackboys eines der vollkommensten Beispiele elisabethanischer Baukunst in England dar. Ich glaube nicht, dass ich Ihre und meine Zeit unnötig beanspruchen muss, indem ich dies noch weiter vertiefe oder auf den historischen und künstlerischen Wert des Objekts, über das wir hier verhandeln, im Einzelnen eingehe. Ich meine, das uralte Gebäude und das hervorragende Buch, das von meinem Freund, Mr. Nutley, so kenntnisreich zusammengestellt wurde, sprechen für sich. Bleibt mir noch die Bitte an alle Interessenten, die Sache so schnell wie möglich abzuwickeln, denn wir müssen anschließend noch einen großen Teil des Katalogs behandeln. Außerdem bitte ich Sie, nicht zu vergessen, dass für das Herrenhaus und das unmittelbar angrenzende Land ein vernünftiger Mindestverkaufspreis aufgestellt wurde. Und nun rufe ich Parzelle 16 auf. Das Herrenhaus, bekannt unter dem Namen Blackboys, angrenzende Anlagen und einhundertfünfundzwanzig Morgen Parkland.«

Auf Mr. Webbs Ansprache folgte ein kurzes Schweigen. Der Brasilianer tuschelte mit seinem Anwalt. Die Vertreter der verschiedenen Makleragenturen wechselten fragende Blicke; sie wollten herausfinden, wer wohl den ersten Schritt unternahm.

Schließlich sagte eine Stimme: »Achttausend Guineen.«

»Also, ich bitte Sie!«, lachte Mr. Webb.

»Neuntausend«, sagte eine andere Stimme.

»Ich habe Ihnen bereits gesagt, dass für diese Parzelle ein Mindestpreis festgesetzt wurde«, tadelte der Auktionator mit spürbarer Ungeduld. »Außerdem dürften Sie mit den üblichen Preisen vertraut genug sein, um zu wissen, dass neuntausend Guineen für einen solchen Besitz geradezu lächerlich sind.«

»Also gut«, sagte der Mann, der als Erster geboten hatte: »Zwölftausend.«

»Und fünfhundert«, sagte der zweite Mann.

»Schwierig, schwierig«, murmelte Nutley kopfschüttelnd.

Bisher hatten weder der Brasilianer noch sein Anwalt ein Zeichen gegeben, und die Makler waren offenbar noch nicht bereit, höher zu gehen. Doch dann begann ein kleinwüchsiger Mann für einen Amerikaner zu bieten, der direkt neben ihm stand: »Dreizehntausend Guineen.«

Das versetzte die Makler in Aufruhr, und die Gebote stiegen rasch auf achtzehntausend. Mr. Webb, der dem Amerikaner mindestens zwanzig- oder fünfundzwanzigtausend zutraute, wollte den Brasilianer in das Geschehen einbeziehen und sagte mit betont resignierter Stimme: »Ich hatte eigentlich nicht vor, diese Parzelle aus der Auktion zurückzuziehen, aber ich fürchte, wir können es uns nicht leisten, auf diese Weise unsere Zeit zu vergeuden.«

»Gehen wir auf zwanzig, Sir!«, rief der Amerikaner. »Das bringt die Sache vielleicht in Schwung.«

»Danke, Sir«, sagte Mr. Webb unter allgemeinem Gelächter. »Mir wurden zwanzigtausend Guineen für Parzelle 16 geboten, zwanzigtausend Guineen ... und fünfhundert zu meiner Rechten ... einundzwanzigtausend zu meiner Linken ... vielen Dank, Sir. Zweiundzwanzigtausend Guineen. Zweiundzwanzigtausend Guineen. Es will doch sicherlich niemand, dass diese Parzelle zurückgezogen wird? Zweiundzwanzigtausend Guineen. Und fünfhundert. Und noch einmal zweihundertundfünfzig mehr. Zweiundzwanzigtausendsiebenhundertfünfzig Guineen ...«

»Dreiundzwanzigtausend«, sagte der Anwalt, der den Brasilianer begleitete.

Die Zuschauer reckten die Hälse, um besser sehen und hören zu können. Der Brasilianer galt insgeheim als der Favorit bei dieser Versteigerung; bis er sich einschaltete, wurde das Ganze als Vorgeplänkel betrachtet. Die niedrigen Gebote der Makler dienten nur dazu, Summen zu erreichen, mit denen sich arbeiten ließ. Danach konnte der Preis nur noch steigen. Das Duell, so wurde allgemein angenommen, würde sich zwischen dem Brasilianer und dem Amerikaner abspielen.

»Vierundzwanzigtausend«, rief einer der Makler aus.

»Und fünfhundert«, sagte ein anderer, der sich nicht ausstechen lassen wollte.

»Fünfundzwanzigtausend«, überbot ihn der Anwalt des Brasilianers.

»Fünfundzwanzigtausend Guineen sind geboten«, sagte der Auktionator. »Fünfundzwanzigtausend Guineen. Ich bin von Mr. Nutley, dem Anwalt, der das hiesige Vermögen verwaltet, ermächtigt worden, Ihnen mitzuteilen ...«, er wandte sich zu Nutley um, der ihm zunickte, « ... dass diese Summe bereits vor der Versteigerung geboten und zurückgewiesen worden ist. Wenn daher keiner der Gentlemen bereit ist, mehr als fünfundzwanzigtausend Guineen zu bieten, sehe ich mich gezwungen ... und fünfhundert, danke, Sir. Fünfundzwanzigtausendfünfhundert.«

Die meisten Zuschauer meinten, dass diese Summe einem angemessenen Preis recht nahekam. Ein Murmeln ging durch den Saal. Die Leute sahen sich nach Chase um. Er war leichenblass und hatte den Blick fest auf den Boden geheftet. Der sichtlich gut gelaunte Amerikaner musterte seinen unbewegten, jungen Kontrahenten; seinem Achselzucken nach zu urteilen, glaubte er nicht, gegen ihn eine Chance zu haben, rief aber trotzdem: »Halten wir den Ball am Rollen. Zweihundertfünfzig mehr.«

Die Zuschauer begannen, Partei zu ergreifen. Den meisten gefiel die freimütige Direktheit des munteren Amerikaners besser als die Blasiertheit des jungen Mannes, dessen Benehmen sie eher verwirrte. (Nutley ging der Gedanke durch den Kopf, dass die jungen Leute der Umgebung auf jeden Fall einige Zeit brauchen würden, bis sie sich von dem Einfluss dieses jungen Mannes erholt hätten, auch wenn er sich nie wieder in dieser Gegend blicken ließe.) Diejenigen, die sich mit Auktionen auskannten, waren der Meinung, dass Chase ein echter Glückspilz sei, denn es gab zwei Interessenten, die im Wettstreit miteinander den Preis in die Höhe trieben. Sie beugten sich vor, lehnten die Ellenbogen auf die Knie, stützten das Kinn in die Hände und lauschten gespannt.

»Und zweihundertfünfzig«, rief der Anwalt des Brasilianers.

»Sechsundzwanzigtausend Guineen sind geboten«, rief Mr. Webb, weit über sein Pult gebeugt. Sein Blick wanderte aufgeregt zwischen den beiden Rivalen hin und her. Er war sich ziemlich sicher, dass der Brasilianer notfalls auf dreißigtausend gehen würde.

»Siebenundzwanzig«, sagte der Amerikaner leichtsinnig.

»Achtundzwanzig«, versetzte der Anwalt nach einer kurzen Zwiesprache mit seinem Auftraggeber.

Der Amerikaner schüttelte den Kopf; er war jovial und freundlich und zeigte keine Bosheit. Er lachte, aber er schüttelte den Kopf.

»Wenn das Ihr letztes Wort ist, Gentlemen, muss ich Ihnen bedauerlicherweise mitteilen, dass die Parzelle zurückgezogen werden muss, da der Mindestverkaufspreis unterboten wurde«, sagte Mr. Webb. »Ich bin sicher, dass Mr. Nutley mir verzeihen wird, dass ich diesen nicht allzu schwerwiegenden Formfehler begangen und es Ihnen mitgeteilt habe, aber unter den besonderen Umständen ...« Nutley nickte zustimmend; er genoß es sehr, um Erlaubnis gebeten zu werden, besonders in Chase' Gegenwart. »Ich habe es nur getan, um Ihnen, falls Sie es wünschen, die Möglichkeit zu geben, weiter zu bieten ...«

»Also gut, wenn uns das weiterbringt«, sagte der Amerikaner, der zum Liebling des aufgekratzten Publikums geworden war. »Ich biete zusätzlich zweihundertfünfzig Guineen.«

Der Brasilianer nickte dem Auktionator zu.

»Achtundzwanzigtausendfünfhundert Guineen«, sagte Mr. Webb und schaute den Amerikaner an. Auch dieser nickte.

»Neunundzwanzigtausend.«

»Dreißig«, sagte der Brasilianer gelassen.

Er hatte bisher noch gar nichts gesagt. Alle Augen richteten sich nun auf den jungen Mann, der keine Miene verzog. Er war ungerührt, vom elegant gezogenen Scheitel bis hinunter zu den untadeligen Sohlen seiner teuren Schuhe. Er strahlte das Selbstvertrauen eines Mannes aus, der die Gewissheit besitzt, das letzte Wort gesprochen zu haben.

»Ohne mich«, sagte der Amerikaner.

»Dreißigtausend Guineen sind geboten«, rief der Auktionator. »Für Parzelle 16. Dreißigtausend Guineen. Dreißigtausend Guineen. Zum ersten, zum zweiten ...«

Chase erhob sich schwankend von seinem Stuhl.

»Einunddreißigtausend!«, schrie er mit erstickter Stimme.

»Einunddreißigtausend!«

17

Von all den verblüfften Menschen im Saal war der Auktionator vielleicht am wenigsten erstaunt. Er hatte Chase noch nie zuvor gesehen und dachte natürlich, dass er es mit einem neuen Kandidaten zu tun hätte. Er rückte die Brille zurecht, um die einsame Gestalt zu betrachten, die zitternd, doch aufrecht zwischen den Stuhlreihen stand. Er hatte gerade noch genug Zeit, um mit Besorgnis festzustellen, dass Chase' knochiges, eingefallenes Gesicht totenblass war, ehe die Routine ihn wieder einholte und er das »zum dritten!« verschluckte, das ihm bereits auf der Zunge gelegen hatte. »Einunddreißigtausend ... bietet jemand mehr als einunddreißigtausend Guineen?«, fragte er laut und richtete den Blick auf den Brasilianer.

Dieser war genauso verblüfft, denn er hatte Chase gleichfalls noch nie gesehen. Wer war dieser grimmige, schmächtige Mann, der so plötzlich aus dem Boden geschossen war, um ihm die Beute streitig zu machen? Er hatte nicht damit gerechnet, über dreißigtausend Guineen hinausgehen zu müssen; trotzdem war er bereit, auch geringfügig mehr zu bezahlen, und um seine Entschlossenheit kundzutun, gab er selbst das nächste

Angebot ab, ohne vorher mit seinem Anwalt zu sprechen. »Und fünfhundert«, sagte er.

»Fünfunddreißigtausend«, sagte Chase.

Die Aufmerksamkeit, die er eine halbe Stunde vorher erregt hätte, wenn er Hals über Kopf aus dem Saal gestürzt wäre, wäre, im Vergleich mit der Sensation, die er jetzt hervorrief, gering gewesen. Aber Chase befand sich längst jenseits aller Schüchternheit oder falschen Scham. Er bemerkte weder die Unruhe im Saal, noch hörte er Nutley, der mit lauter Stimme schrie: »Er ist verrückt! Er ist verrückt!« und wild mit den Armen fuchtelte, um die Aufmerksamkeit des Auktionators auf sich zu ziehen.

All das ging an Chase völlig vorbei. Er stand da und fühlte sich inspiriert von einem göttlichen Atem. Den Saal nahm er nur noch verschwommen wahr. Durch seine Adern brauste eine unbezähmbare Kraft. Völlige Vernarrtheit. Genialität. So ähnlich musste man sich das wohl vorstellen. Diese Gewissheit. Diese unverkennbare Entschlossenheit. Das plötzliche Verschwinden aller Nebensächlichkeiten. Inmitten der vielen Unklarheiten, die sein Gehirn immer wieder verwirrt und überschattet hatten, eröffnete sich ihm eine weite Sicht: Das Geheimnis bestand darin, sich selbst zu finden, zu wissen, was man wirklich will, zu wissen, was einem wirklich wichtig ist, und dann geradewegs darauf loszumarschieren. Wolverhampton? Unsinn! Die Blässe war aus seinem Gesicht gewichen, und auch seine Augen hielt er nicht mehr schamvoll gesenkt. Röte hatte sein Gesicht überzogen, er war kampfbereit. Seine Nüstern weiteten sich, er atmete frei.

Alle anderen hingegen hielten ihn für verrückt. Nüchterne Menschen sahen in seinem Blick den falschen Glanz eines Betrunkenen. Selbst der Auktionator verbarg sein Erstaunen nicht und fragte, abweichend von seinen sonstigen Gewohnheiten: »Habe ich Sie richtig verstanden? Sagten Sie fünfunddreißigtausend? Fünfunddreißigtausend Guineen sind geboten.«

Betrunken. Wie ein Betrunkener. Seine Sinne nahmen alles nur noch gedämpft wahr. Intensiv, aber entrückt. Sein Kopf war leicht, als würde er schweben. Alles spielte sich in großer Entfernung ab. Die Menge um ihn herum war unruhig, aber das Murmeln im Saal war für ihn völlig bedeutungslos. Der Auktionator thronte hoch oben, eine winzige Gestalt, meilenweit entfernt. Gedämpfte, aber sehr ernst zu nehmende Stimmen stießen Drohungen aus, forderten ihn zum Kampf heraus. Alle hatten sich gegen ihn verbündet. Das bedeutete Kampf. Alle Gesichter erschienen ihm bedrohlich. Das glaubte er jedenfalls. Und war doch froh darüber. Kämpfte er für sein Haus? Nein, nein! Für mehr, für sehr viel mehr als das: Er kämpfte für das, was er liebte. Wollte das, was er liebte, vor Vergewaltigung schützen. Kämpfte allein, war gerade noch rechtzeitig zur Besinnung gekommen. Und sogar in diesem Moment, wo eigentlich seine gesammelte Aufmerksamkeit gefordert war, fand er Zeit, eine tiefe innere Dankbarkeit zu spüren – Dankbarkeit dafür, dass die Erleuchtung nicht zu spät gekommen war. Gerade noch rechtzeitig hatte er sie wahrgenommen, hatte sie als das erkannt, was sie war, und hatte sie beim Schopfe gepackt. Triumphierend und betrunken nahm er den Kampf gegen die Bestürzung und Feindseligkeit auf. Und mehr als das: Er war unbesiegbar. Er konnte die unglaublichsten Summen bieten, weil er sie nie auszuhändigen brauchte. Endlich besaß er ein unerschöpfliches Vermögen. Unbesiegbar – was für ein Selbstvertrauen ihm das verlieh! Je mehr Angebote sich gegen ihn richteten, umso besser. Er forderte jeden heraus. Dabei wusste er kaum noch, was er eigentlich sagte, bemerkte nur, dass die Beträge in Tausendern in die Höhe schnellten und die anderen trotz ihrer Wut ihm gegenüber machtlos waren. Schließlich war es weder verbrecherisch noch ungesetzlich, das eigene Haus zu kaufen.

Das Ende kam, noch ehe er es geahnt hatte. Er sah den Zusammenbruch des Brasilianers, dessen Gesichtsausdruck sich verwandelte und von gespielter Gleichgültigkeit in echten Zorn überging. Er hörte die Stimme des Auktionators, die ihn liebenswürdig nach seinem Namen und seiner Adresse fragte. Und er hörte die eigene Stimme, als würde er zum ersten Mal in seinem Leben seinen Namen nennen, ohne sich dafür zu schämen. Er sah Nutley, der sich quer durch den Saal zu ihm durchkämpfte, ihn anknurrte und ankläffte wie ein wütender Köter, der aber jede Bedeutung verloren hatte, nur noch laut und lästig war. Nutley, unverhältnismäßig aufgebracht, gestikulierte wütend und zischte ihn an: »Haben Sie etwa vor, dieses alberne Spiel auch während der restlichen Auktion zu veranstalten?« Und seine Antwort – er nahm an, er hatte eine Antwort gegeben, denn der Auktionator brachte das Stimmengewirr im Saal mit einer Ankündigung zum Schweigen: »Ich muss Ihnen mitteilen, Gentlemen, dass Parzelle 16 sowie alle folgenden Parzellen, einschließlich des Inventars und des angrenzenden Parks einen Käufer gefunden haben und die Auktion damit beendet ist.«

Dann im Nebel der Verwirrung das Gefühl, dass jemand seine Hand suchte und drückte. Er schaute in Mr. Farebrothers altes, rosiges Gesicht und hörte ihn mit gebrochener, bewegter Stimme sagen: »Ich bin ja so froh, Mr. Chase! Ich gratuliere Ihnen. Ich bin so froh. Ich bin so *froh.*«

18

Schließlich seliger Frieden und Einsamkeit, nachdem der letzte Fremde das Haus verlassen hatte. Chase, an eine Säule des Vordachs gelehnt, dachte, so müssten sich verheiratete Geliebte fühlen, wenn sie nach dem Trubel der Hochzeitsfeier endlich allein gelassen werden. Gewiss, er dachte es mit einem ironischen Zucken um die Lippen, die Aufregungen der Auktion hatten ihn nicht minder grausam auf die Probe gestellt, als eine turbulente Hochzeitsfeier es getan hätte. Aber er war hier, war der Gewinner, der Eigentümer, er hatte die lärmende Menge verjagt. Er war hier in der Wärme, in der Stille, die wieder über allem lag, nachdem das Stimmengewirr verklungen war. Er war hier, allein auf dem Schlachtfeld nach einem kühnen Sieg. Arm? Ja, aber er konnte arbeiten, er würde es schaffen. Seine Armut würde nicht bitter sein, sondern süß. Er streckte die Hände aus und legte sie voller Leidenschaft auf die Steine – Steine, so warm wie die rosige Farbe, die sie seit dem Morgen mit dem Sonnenlicht aufgesogen hatten.

Mittsommertag. Schwalben jagten über dem Wassergraben nach fetter Beute. Ihre ausgebreiteten Flügel streiften beim Herunterstoßen fast das Wasser. Mittsommertag. Alle Lieblichkeit von Blackboys, und das Blut derer, die den Namen Chase trugen, strömten in diesem Mittsommertag zusammen. Ein herrlicher Sommer. Ein anhaltend herrlicher Sommer. Er erinnerte sich an die Abfolge der Tage, die Morgen- und Abenddämmerung, die in Mondlicht getauchten Nächte, die seine Leidenschaft geheiligt hatten. Er meinte zu glauben, dass weder der Hass noch dessen hässliche Vettern je wieder in seinem Herzen Platz finden könnten, das so emporgehoben worden war und die strahlenden Sterne gesehen hatte, die die Gefilde der Weisheit erleuchten. Endlich konnte er sich aus der Sklaverei befreien, die Wolverhamptons dieser Welt für immer hinter sich lassen. Zu wissen, was man wirklich wollte, zu wissen, was einem wirklich wichtig war, und geradewegs darauf loszumarschieren – war das nicht eine einfache, nützliche Weisheit? Sie war so einfach, sie tat niemandem weh und schien doch von nur wenigen erlernt zu werden.

Blackboys! Wolverhampton! Was war Wolverhampton gegen Blackboys? Was war das Versprechen mittelmäßiger Bequemlichkeit gegen die Gewissheit köstlicher Entbehrungen? Was war die stumpfsinnige Plackerei gegen diese Schönheit, diesen Stolz, diese Ritterlichkeit? Thane sprang heraus und tollte um Chase herum, als Fortune die Haustür öffnete. »Wünschen Sie Ihr Dinner, Sir«, fragte der Butler mit gesetzter Stimme, »heute Abend im Speisezimmer oder im Garten einzunehmen?«

Vita Sackville-West (1892–1962) veröffentlichte eine große Anzahl an Romanen und Biografien. Sie stammte aus dem englischen Landadel und war eine enge Freundin von Virginia Woolf, die sie zu deren fiktiver Biografie *Orlando* inspirierte. 1913 heiratete sie den Diplomaten Harold Nicholson, mit dem sie in den Dreißigerjahren die Ruine von Schloss Sissinghurst kaufte. Der von beiden gemeinsam gestaltete Garten gilt heute als einer der schönsten Gärten Englands.

Irmela Erckenbrecht (geboren 1958) hat Bücher zum Thema Kochen, Ernährung und Gartengestaltung geschrieben. Außerdem übersetzt sie aus dem Englischen mit den Schwerpunkten Frauen-, Kinder- und Jugendliteratur. Sie lebt in Niedersachsen.